LA MATERNITÉ

DU MÊME AUTEUR

Les Carnets blancs
roman
Seuil, 2010

MATHIEU SIMONET

LA MATERNITÉ

roman

ÉDITIONS DU SEUIL
25, bd Romain-Rolland, Paris XIVe

ISBN 978-2-02-107675-2

www.seuil.com

À Elsa Huisman, Maëlys, Jean et Éric de Poulpiquet,
qui ont perdu leur mère en juillet 2009.

Samedi 3 septembre 1994. Dans l'après-midi, maman m'appelle. Elle aimerait que je passe la voir : « C'est important, j'ai une nouvelle à t'annoncer. » Je saute dans un taxi. Elle a préparé deux kirs.

« Tu sais sans doute pourquoi je t'ai demandé de venir.

– Non.

– Tu n'as rien remarqué ?

– Non...

– Menteur... *[Maman trempe ses lèvres dans son kir]...* Je pars en cure de désintoxication.

– Pourquoi ?

– Parce que je suis alcoolique. Ça fait des années que tu me le reproches. Alors ne prends pas cet air étonné.

– Tu es alcoolique ?

– Tu n'as jamais remarqué qu'il y avait une bouteille de vin sous ma table de nuit ?

– Non.

– Menteur. Quand tu venais m'embrasser, tu regardais toujours le niveau de la bouteille posée à côté de mon lit.

9

– Maman, je n'ai jamais remarqué qu'il y avait une bouteille de vin dans ta chambre.

– Alors tu ne t'intéresses pas à moi.

– Je ne t'ai jamais vu saoule. Sauf une fois...

– Ce n'est pas parce qu'on supporte bien l'alcool qu'on n'est pas alcoolique... Depuis quelques années, l'alcool me sert de somnifère. Ça m'abrutit. Tout à l'heure, Y est venue déjeuner à la maison. C'est elle qui m'a parlé de cette cure. Ça dure un mois. Le plus dur, ça a été de prendre la décision, de me dire : "Voilà, je suis une poivrote, maintenant tu te prends en main" ; ça fait vingt ans que je n'ose pas en parler. »

En septembre 1994, j'avais vingt-deux ans, j'étais étudiant en droit, je venais de terminer mon deuxième roman (non publié), *Le Livre ouvert*. Maman m'a dit : « Pendant cette cure, je vais écrire un journal. Je te le donnerai. Et tu pourras en faire ce que tu veux. Écrire un roman. Une histoire. »

Et, effectivement, maman a écrit son journal. Sur un grand cahier bleu. Je l'ai lu trois fois. À son retour de cure (j'avais alors commencé un roman. Un des trente romans que je n'ai pas finis ; ça s'appelait *Le Vin de Victoire* – maman aurait dû s'appeler Victoire, mais elle est née la veille du 8 mai ; ses parents l'ont appelée Pascale) ; une deuxième fois, dans un café, en 2008, je venais de retrouver par hasard ce cahier, je savais que maman allait bientôt mourir ; Baptiste (mon amoureux) m'a retrouvé en larmes, place Gambetta. Et une troisième fois, ce matin, le 10 septembre 2010 (entre-temps, maman est morte).

Le 20 septembre 1994, un « accompagnateur » a sonné à sa porte. Il l'a emmenée gare d'Austerlitz. Sans lui, maman écrit qu'elle se serait dégonflée sur le quai. Arrivée dans son compartiment, maman a enlevé ses dents. Elle est allée au wagon-bar. Ils étaient en rupture de stock. Gare de Cahors, elle a négocié un dernier kir, et encore un kir, et encore un kir. Un taxi les attendait. Les trois premiers jours, maman était dans les vapes. On lui donnait des cachets pour éviter les crises d'épilepsie. On lui faisait des « piqûres chauffantes de sulfate de magnésium ». Pendant son séjour, maman lit *Le Livre ouvert*. Elle le fait lire aux autres. Ils sont neuf à participer à cette cure. L'une raconte qu'elle a été victime d'un inceste. Le dernier jour, maman écrit : « Je repense à mon enfance. Un jour, j'étais à la campagne, je ne sais pas pourquoi, chez une bonne, je crois. Fanny et moi étions souvent habillées pareil, elle en bleu, moi en rouge. En me promenant dans la campagne, je me suis tout à coup jetée dans une flaque de boue. J'avais vu une vache et croyais que c'était un taureau. »

En 1995, je suis entré à l'École de formation au Barreau. En 1996, j'ai prêté serment. En 1997, j'ai été le curateur de mon père. En 1998, je suis parti vivre à Londres pour écrire. En 1999, maman s'est réconciliée avec sa mère (elles ne s'étaient pas vues depuis dix ans) ; ensemble, elles sont parties à Cannes où ma grand-mère possédait un appartement, qui était resté vide pendant quelques années. Sur place, maman a senti une douleur au sein. Elle avait un cancer.

Au début de l'an 2000, j'ai pris rendez-vous avec le professeur qui s'occupait d'elle. Le cancer de maman ne comportait pas de difficulté particulière « sur le plan médical ». Ces mots avaient été prononcés d'une façon particulière. J'ai répondu « Mais... », et elle a enchaîné « ... Mais votre mère a visiblement un problème psychologique. Elle insulte – et quand je dis *insulter*, je suis polie – le personnel. Elle refuse son cathéter (le petit boîtier, posé sous sa peau, par lequel les produits de la chimiothérapie sont injectés). Elle nous ment. Je crois qu'elle s'est arraché elle-même son cathéter. Je ne sais pas avec quoi, peut-être un ciseau. » L'image de maman qui, avec des ciseaux, s'arracherait la peau au-dessus du sein me traverse les yeux. Et me fait mal. Physiquement. Je pense à ses dents ; il y a dix ans, maman a eu une maladie des os, de la mâchoire. Il a fallu lui enlever toutes ses dents. Elle a maintenant un dentier qu'elle ne supporte pas, qui la fait vomir. C'est pour cela, entre autres, qu'elle ne veut plus sortir. Elle ne veut pas mettre de colle pour que son dentier tienne (après chaque dîner, les rares dîners où elle m'accompagne, en général chez ses sœurs, maman, sitôt dans l'ascenseur, met sa main dans sa bouche, grimace, comme si elle allait vomir, se cache, se retourne pour que je ne la voie pas, et enlève son dentier). Je raconte au professeur que maman refuse les corps étrangers. Je lui parle de Dad, mon grand-père, qui est mort d'un cancer. Et je raconte l'histoire de maman en quelques minutes. Son milieu bourgeois, dans lequel elle ne s'est jamais sentie à l'aise. Son premier mari, quand elle avait dix-neuf ans, qui était homosexuel et qui, deux mois après le mariage, lui a demandé de quitter le domicile conjugal. Mon père, rencontré sur un bateau qui, deux mois après ma naissance, est parti au Pérou et en est revenu fou. Interné à Sainte-Anne. En racontant l'histoire de maman, j'ai envie de pleurer. Et je la vois avec ses ciseaux en triangle, se couper la peau pour enlever de force son cathéter. Le professeur m'écoute attentivement :

« Et aujourd'hui, votre mère s'est remariée ?

– Non, maman n'a plus personne.

– Et vous, vous êtes proche d'elle ?

– Oui, je l'appelle deux fois par jour.

– Ah, ça, c'est embêtant... »

À l'époque, je passais par la rue Y pour rejoindre le cabinet d'avocats dans lequel j'étais collaborateur. Dans un coin de cette rue, plusieurs fois, je m'étais arrêté pour pleurer. Certes, je savais qu'on ne mourait pas d'un cancer du sein (je savais en tout cas qu'on pouvait en guérir)

13

mais, pour la première fois, la mort de maman devenait possible. Une hypothèse parmi d'autres.

En 2001, les médecins sont devenus confiants.

En 2002, son cancer était guéri.

27 septembre 2002. Aujourd'hui, je propose à maman d'écrire un roman. L'idée m'est venue dans la nuit, vers trois heures du matin. Y et moi avions discuté tard ; je n'avais pas réussi à trouver le sommeil. Écrire avec maman. La faire écrire sur sa vie et en puiser ou en tirer ce que je veux. Je tourne de plus en plus dans mon lit. L'idée m'excite. Écrire avec maman. La faire écrire. Écrire sur maman. Ce matin, je l'appelle. Je lui parle de mon projet : « Tu pourrais écrire sur ta vie. Commencer à l'époque où tu étais petite. » Maman m'écoute : « C'est drôle que tu me proposes ça ; ça fait quelques semaines que je veux justement écrire. Raconter l'après-cancer, l'après-maladie. Qui est plus dur que la maladie elle-même. Parce que tout à coup, plus personne ne s'occupe de toi. » Un peu plus tard dans la journée, elle m'appelle : « Mathieu, ça y est, je t'ai envoyé un premier texte. » Elle s'est mise à écrire un quart d'heure après que je lui ai proposé mon idée. Entre-temps, j'ai appelé papa. Le faire également écrire, sur lui, pas sur ses mythes, me plairait.

Mais il refuse (« Ce serait trop douloureux »). Maman me dit qu'elle est « partie du début alors qu'elle pensait partir de la fin ». Je rentre au cabinet. Je lis son texte sur l'écran. Mélange d'émotions. Des souvenirs reviennent à la surface. Des souvenirs dont elle parle, et des souvenirs dont elle ne parle pas mais qui ressurgissent comme s'ils étaient cachés derrière une armoire, comme si le texte de maman était une armoire qu'elle aurait déplacée.

Dans ce premier texte, maman raconte qu'elle était à Cannes, il y a deux ans, chez sa mère. Elle l'aidait à déménager (c'était quelques semaines après leur réconciliation). Maman portait un carton ; elle a ressenti une douleur, comme un coup de poignard, au sein gauche. Elle est allée voir un médecin. Elle avait un kyste. Il se pouvait que ce ne soit pas grave. Pour le savoir, il fallait l'enlever. Si le kyste était malin, si elle avait un cancer du sein, on lui enlèverait les ganglions sous les bras. Il y a eu une opération. En se réveillant, maman a demandé si on les lui avait enlevés. Une infirmière a répondu que oui. Maman a commencé à pleurer.

Je n'ai jamais vu maman pleurer. Dans son premier texte, elle écrit qu'elle ne pouvait pas retenir ses larmes. Que ses pleurs étaient silencieux, incontrôlables. Très longs. Je touche du doigt des zones d'intimité auxquelles je n'avais pas songé.

15

Maman avait demandé une chambre seule. Il n'y en avait plus. Elle partageait sa chambre avec une autre femme, qui – elle aussi – aurait voulu être seule. Elles se faisaient la gueule. Après l'opération, maman est revenue en larmes (elle venait d'apprendre qu'on lui avait enlevé les ganglions sous les bras) ; l'autre femme était avec son mari. Ils se sont tus lorsque maman est entrée. Ils ont cessé de parler. Maman pleurait de plus en plus fort. Ils la laissaient pleurer, ne la dérangeaient pas. Un peu plus tard, maman est allée dans le couloir pour fumer une cigarette. Une infirmière lui a fait une réflexion : « Vous ne devriez pas fumer. » Maman s'en foutait :

« Je vais garder longtemps mon goutte-à-goutte ?

– Non. C'est juste du glucose, pour éviter une déshydratation.

– C'est vrai ? »

Maman a extrait l'aiguille de son bras ; le sang a giclé. L'infirmière gueulait. « J'en avais rien à foutre. J'étais redevenue comme avant. Je n'avais plus peur de rien. »

En tout, maman m'a écrit dix-neuf textes.

Dans le dernier, elle raconte qu'elle avait emmené mon frère aux urgences en 1976 ; Quentin avait un an, il venait de faire son deuxième coma. Le médecin était arrivé cinq heures plus tard : maman l'avait insulté. Il avait essayé de la calmer : « Madame, en médecine, l'urgence n'existe pas. Soit c'est trop tard, soit ce n'est pas une urgence. » Elle écrit : « Je l'aurais bouffé ce connard, et la même haine montait vis-à-vis de ce connard de chirurgien qui m'avait en main pour la troisième fois en moins d'un mois. (Connard.) »

Après m'avoir envoyé ce texte, maman m'a prévenu : « Bientôt j'attaquerai une partie plus difficile à lire. Pour l'instant c'est technique, presque indolore. Bientôt je parlerai de l'*après*-cancer. »

Finalement, maman ne m'a jamais envoyé de texte sur son « après-cancer ». La maladie a été plus rapide que l'écriture : fin 2002, son sein gauche a fondu d'un coup.

Maman : « Il est tombé dans mon ventre. »

Le médecin : « Non, votre sein gauche a vieilli prématurément. »

Maman : « S'ils me proposent l'ablation, je leur demanderai de couper le sein droit aussi. Ça fera plus équilibré. »

Le médecin : « Non, vous n'avez plus de cancer du sein. »

Début 2003, maman a eu des douleurs dans le dos. Elle est allée faire des radios. On lui a diagnostiqué une côte cassée. Maman n'y croyait pas.

On a pris rendez-vous avec le professeur qui s'était occupée d'elle, deux ans plus tôt. Mes tantes, maman et moi étions en rang. Le professeur n'a pas prononcé le mot « cancer » ; elle savait qu'on avait compris. Elle a parlé des traitements de chimiothérapie. J'avais peur de pleurer. Maman me souriait en me faisant des clins d'œil.

Je suis retourné voir le professeur avec la sœur aînée de maman.
« Quel est son pourcentage de guérison ?
– Aucun. Votre mère ne guérira pas. »
Fanny se lève de la chaise. Je pleure devant tout le monde. Fanny m'enlace, je m'accroche à elle. Elle aussi sanglote. Le professeur nous regarde en silence, de ses yeux bleus.

« Elle peut vivre combien de temps ?
– C'est difficile à dire. »
J'insiste.
« Je ne sais pas... Quatre ans peut-être. »

En mai 2003, maman a commencé une nouvelle chimiothérapie. Son cancer du sein avait migré sur les os. Elle
connaissait les effets du traitement, notamment la perte des
cheveux, quinze jours plus tard. Maman était angoissée,
elle savait qu'elle deviendrait chauve en quelques heures ;
elle avait peur que le processus s'enclenche pendant son
voyage en train (on devait, deux semaines plus tard justement, aller à Montpellier, voir un médecin spécialisé dans
les effets secondaires des chimios). Je l'ai rassurée : « S'ils
ne sont pas tombés la veille du départ, je te les raserai. »

10 mai 2003. La chimiothérapie commence à faire
effet. Diarrhées, vomissements. Fanny lui conseille d'appeler l'hôpital. Maman ne veut pas. Elle a peur de se faire
hospitaliser.

15 mai 2003. Maman n'arrive plus à manger. Elle vomit
tout ce qu'elle mange, y compris ses médicaments. Elle
essaye de garder le plus longtemps possible les médicaments dans son ventre avant de les recracher, pour qu'ils
fassent effet.

Pendant six mois, maman a perdu un kilo par semaine. En octobre 2003, elle était tellement faible que le professeur a préféré suspendre les traitements. Je suis revenu à la charge :

« J'aimerais que tu m'écrives tes souvenirs, et écrire dessus.

– Il faut d'abord que je grossisse. »

En mars 2004, elle était redevenue « grosse » ; elle m'a dit qu'elle était prête.

21 mars 2004. Déjeuner avec maman. Ses mains tremblent. Elle a une maladie des nerfs liée à l'alcool et à la chimiothérapie. Elle m'offre des sucettes de La Baule, comme celles qu'elle mangeait enfant.

Maman m'envoie un premier texte.

Elle a été élevée chez les bonnes sœurs. Elle se faisait virer de tous les pensionnats. À chaque fois, son grand-oncle, Monseigneur Y, la pistonnait pour entrer dans une nouvelle école. À dix-huit ans, ses parents, pour la punir, lui ont demandé de trouver un travail. Maman a acheté

Le Figaro et a répondu à une petite annonce : « Étude de notaires cherche jeune fille pour s'occuper de son appareil reproducteur. » Dans cette étude, maman est tombée amoureuse d'un notaire, qui avait presque trente ans, aux cheveux poivre et sel. Le jour de la galette des rois, maman a eu la fève. Elle a demandé au jeune notaire s'il voulait être son roi. Un mois plus tard, il l'a invitée au restaurant. Ils ont beaucoup bu, ils ont fait la tournée des bars, et ils sont devenus amants. Pendant quelques mois, ils ont pris l'habitude de boire, de brûler des poubelles, de voler le contenu des boîtes à gants des voitures.

J'étire mon bras gauche en bâillant. « Ça me fait rire quand tu fais ça. Ça me rappelle quand tu étais bébé. Ton poing arrivait à ton oreille. »

Ils dévalisaient des kiosques à journaux ; celui place de l'Opéra était leur préféré. Ils l'ont cambriolé trois ou quatre fois, pour rien. Ils volaient aussi les plantes des immeubles. Mettaient des mains aux fesses aux passants. Et ils buvaient. De la vodka au petit déjeuner. Maman est tombée enceinte. Le notaire lui a demandé d'avorter. Elle a dit oui. À l'époque, c'était interdit. Maman avait peur de disparaître dans un réseau de traites des Blanches. Il y avait des aiguilles. Elle est partie le matin de chez ses parents. Elle est revenue le soir. Le notaire lui a dit qu'elle avait été courageuse ; il lui a proposé de l'épouser. Maman a cessé de travailler. Ils se sont fiancés. J'ai des photos de maman de cette époque. Ses airs de femme-enfant, de Barbara, d'air buté.

En 1967, ils se sont mariés ; ils sont partis en voyage de noces au Maroc. D'abord chez un de mes grands-oncles, qui avait une plantation d'orangers, puis au Mammounia, à Marrakech. Là, le jeune notaire a rencontré un jardinier, qui est devenu son amant. Maman est devenue hystérique. Il lui a proposé de prendre des maîtresses. Maman ne comprenait pas. Il ne voulait plus la toucher.

À leur retour en France, ils ont vécu un mois ensemble. Maman s'ennuyait dans l'appartement. Elle essayait de temps en temps de faire le ménage. Elle prenait un balai et cachait la poussière, les pépins de pomme, les plumes, sous un tapis. Le notaire croyait qu'elle le faisait exprès. Maman répondait qu'elle ne savait pas comment faire ; elle n'avait pas appris.

En novembre 1967, le notaire lui a trouvé un appartement, avenue de la Bourdonnais, à quelques centaines de mètres du leur. Il lui a proposé de faire un break de six mois. Il lui enverrait de l'argent. Il fallait qu'elle ne dise rien à personne.

Lorsqu'elle allait dîner chez ses parents, elle inventait des excuses pour expliquer l'absence de son mari. Son père la ramenait en voiture avenue de Grenelle *[au domicile conjugal]*. Maman prenait l'ascenseur. S'arrêtait au premier. Puis redescendait dans le hall. Traversait le Champ-de-Mars. Et marchait jusque chez elle.

En mai 1968, maman a jeté des pavés. Contre les CRS. Et contre les étudiants. « J'avais la rage contre tout le monde. Contre la bourgeoisie. Et contre ma génération qui me reprochait d'être née une cuillère en argent dans la bouche. »

En juin, son mari a repris contact avec elle. Il lui a proposé un week-end à Fontainebleau pour faire le point. Le week-end s'est bien passé. Ils ont dormi ensemble sans faire l'amour. Le lundi, maman s'est dit que tout allait reprendre. Dans la semaine, son père l'a appelée. Un de ses amis avocats venait de l'informer que le notaire avait introduit une action en divorce. Elle a dû s'expliquer.

Je demande à maman combien de verres elle boit en ce moment.
« Trois.
– Par jour ?

– Non, par repas.

– Trois verres par jour, c'est le maximum qu'a autorisé le médecin.

– Oui, mais comme je fais des siestes, c'est comme si je faisais des journées de douze heures. »

Elle allait être la première divorcée de la famille. Être excommuniée. Mon grand-père, Dad, est allé visiter l'appartement de l'avenue de la Bourdonnais. L'électricité n'était pas aux normes. Il a voulu faire un procès à son gendre pour cela.

Dad a demandé à son oncle, Monseigneur Y, d'intervenir auprès du pape pour faire annuler le mariage. Il y a eu un débat pour savoir s'il fallait invoquer la dispense « *super matrimonium ratum et non consumatum* » ou s'il fallait invoquer l'exclusion « *ex parte viri* ».

Maman ne voulait pas voir un gynécologue. Elle n'était pas vierge. Mais elle ne pouvait pas le dire à son père. C'était imprononçable.

Mon arrière-grand-oncle a écrit une lettre à Paul VI :
« (…) Mes neveux ont sept enfants, les deux aînées sont des filles, mariées toutes deux. Il s'agit de la seconde, Pascale, j'ai

béni le mariage en septembre dernier. Pascale a vingt ans. Elle s'était éprise d'un garçon qui a douze ans de plus qu'elle ; elle appréciait sa grande amabilité, sa parfaite courtoisie, ses goûts un peu recherchés et peut-être son intérieur élégant pour un célibataire. Le voyage de noces passé au Maroc a été un désenchantement, écourté en raison de la santé du mari. Pascale éprise de son mari espérait qu'avec des soins son mari pourrait mener avec elle une vie conjugale normale. Il n'en a rien été et à l'insu de tout le monde, s'estimant allergique à sa femme (et peut-être à toute présence féminine), il lui a demandé d'aller vivre dans un appartement qu'il lui louait à quelques centaines de mètres de leur domicile. (…) »

Maman a quitté l'appartement de l'avenue de la Bourdonnais, pour un deux-pièces, rue de l'Annonciation. Là, elle a fait une tentative de suicide en avalant le contenu de sa trousse à pharmacie. Cette scène a eu lieu en décembre 1969, une semaine après que le divorce avait été prononcé aux torts partagés.

À l'époque, un homme n'était coupable d'adultère que s'il couchait avec un tiers dans le lit conjugal ; une femme, en revanche, était coupable partout. Le notaire l'a fait suivre. L'été 1969, maman avait accompagné une de ses tantes, chef costumière aux *Grands Ballets Canadiens*, pour une tournée en Europe. Elle avait pris pour amant un baryton. Pendant la tournée, un huissier a fait un constat dans la nuit.

Maman me parle de ses amants qu'elle a eus pendant cette période où son premier mari ne voulait plus d'elle, avant de rencontrer mon père. Elle me parle d'un marquis à qui elle faisait des scènes dans les restaurants, d'un Hongrois épris d'elle, d'un importateur de substances illicites qui lui demandait de ramener des paquets. « J'étais complètement barrée. »

À chaque fois que je recevais un texte écrit par maman, je descendais dans un café pour le lire et prendre des notes. Ensuite je l'appelais, éventuellement on se retrouvait quelque part, je lui posais des questions ; puis j'écrivais.

En 1970, maman hébergeait sa sœur Zoé, rue de l'Annonciation. Ensemble, elles faisaient du stop, place de l'Opéra. Elles allaient là où les chauffeurs les conduisaient. Quelques semaines après la tentative de suicide de maman, elles sont parties en Angleterre. Sur le bateau, elles ont rencontré une bande qui habitait à Barbès. Il y avait mon père qui était timide, Arthur qui est devenu l'amant de maman, Joseph un comédien qui est sorti avec Zoé. Il y avait Miguel Amaté qui faisait de l'art brut, des poupées ensanglantées avec de gros seins. Toute la bande a visité l'Angleterre puis est revenue à Paris. Maman et Zoé n'habitaient quasiment plus rue de l'Annonciation. Elles passaient leurs nuits à Barbès. Maman avait troqué Arthur contre mon père.

Un jour, mon grand-père est venu rue de l'Annonciation. Maman et Zoé étaient chacune avec son amant. Dad a demandé à ses filles si elles pouvaient descendre prendre un café avec lui. En bas, il leur a expliqué qu'elles ne pouvaient pas continuer à sortir avec eux. Maman et Zoé sont remontées furieuses. « De quoi se mêle-t-il ? » Zoé était la plus véhémente. Elle tournait dans l'appartement, et devant mon père et son copain, étalait tous les défauts que mon grand-père leur trouvait. Soudain elle s'est arrêtée : « Et puis il a raison, t'es nul. » Joseph, incrédule, a quitté l'appartement. Maman, elle, est restée avec mon père.

9 mai 2004. Maman me laisse un message sur mon portable. Les résultats de sa prise de sang ne sont pas bons. Les « marqueurs » (qui évaluent la concentration de ses métastases) ont beaucoup augmenté. Elle a peur de devoir reprendre une chimio.

À Barbès, il y avait une histoire louche, un truc avec la Mafia, paraît-il. Une nuit, toute la bande a quitté l'appartement en catastrophe et s'est réfugiée chez maman, rue de l'Annonciation. Il y avait Féfé qui voulait faire de la haute couture et demandait à tout le monde de quitter l'appartement quand ses clients venaient, pour leur faire croire qu'il vivait seul. Il y avait aussi un artiste, dont maman ne se souvient plus du nom, qui faisait des sculptures avec des w.-c. qu'il volait. La femme de Miguel Amaté, l'artiste aux poupées ensanglantées, apprenait à maman à faire la cuisine avec trois fois rien. « Je n'avais jamais vu ma mère cuisiner. Je ne savais rien faire. » Elle me raconte les marchés où la bande allait chercher des produits dont personne ne voulait. Maman était plus ou moins la seule à avoir un salaire. Elle travaillait dans une association de lutte contre le tabac. Elle collait des enveloppes en fumant clope sur clope. Mon père était étudiant à Vincennes, en anglais. Il a poussé maman à s'inscrire en lettres. Un jour, Féfé s'est plaint parce qu'une facture d'électricité était divisée en quatre, alors que dans l'appartement il y avait trois couples et lui, qui était célibataire.

Maman s'est énervée contre Féfé, puis contre tous, sauf mon père. Elle a expulsé tout le monde. Et elle s'est retrouvée seule avec papa. Elle était déjà enceinte de moi. Conçu en Andalousie. Né en 1972. Mon père est parti quelques semaines plus tard, pour un voyage d'études au Pérou. À son retour, il aura sa première crise de folie.

Un soir, maman m'appelle. Elle est étonnée de ne pas avoir eu de nouvelles de moi dans la journée.

« Tu as reçu le texte que je t'ai envoyé ce matin ?

– Non. »

Maman vérifie. Elle a appuyé sur une mauvaise touche et l'a effacé. Je sens qu'elle est triste. Je lui propose de le réécrire tout de suite, tant qu'il est encore frais dans sa tête. Elle me répond : « Non. Je vais écrire autre chose. Repartir du *début*. »

Le lendemain, maman m'a envoyé un nouveau texte.

Ses parents se sont connus le jour de la Libération. J'ai une photo, en noir et blanc, de ma grand-mère avec une bicyclette, quelques heures avant leur rencontre. Elle avait vingt-cinq ans. Mon grand-père vingt et un. En 1946, ma tante Fanny est née. Maman ne se souvient plus de la rue où ils habitaient. Elle se souvient juste qu'ils ont quitté cet appartement après qu'un homme s'était défenestré sous les yeux de Fanny. C'était un deux-pièces, au rez-de-chaussée. Maman n'en a aucun souvenir. Elle est née le 7 mai 1947. Mon grand-père espérait un fils. Il était venu avec du champagne et des roses à la maternité. Il est reparti avec quand il a su que c'était une fille.

Au téléphone maman me dit : « Je suis la seule à avoir un prénom mixte. Pascale. »

Cette anecdote, maman me l'avait déjà racontée. Plusieurs fois. J'ai compris que c'était le nœud de son histoire quand on est descendus l'an dernier à Montpellier voir un médecin spécialisé dans les effets secondaires. Maman n'y croyait pas trop. Elle disait qu'elle allait voir un « gourou ». On était tous les deux dans son cabinet. Il n'y avait pas de pudeur. Maman s'était déshabillée ; elle était allongée sur une table. Le médecin faisait glisser sur son corps des verres de couleur. Il cherchait des vibrations, je crois. Il expliquait que le cancer avait des causes psychologiques, et maman, qui avait tendance à se moquer de ce type de théorie, a répondu simplement à ses questions.

« Avez-vous envie de mourir ?

– Oui.

– Pourquoi ?

– Parce que j'aurais voulu être un garçon. »

Sa réponse était absurde, et en même temps, il y avait une simplicité sincère dans ses mots. Elle a reparlé de sa naissance. Des roses et du champagne.

En 1950, mes grands-parents ont emménagé dans un quatre ou cinq pièces, elle ne sait plus, en face du cirque d'Hiver.

Avant de raccrocher, maman me dit qu'elle va maintenant pouvoir raconter ses premiers souvenirs. Pas ceux qu'on lui a racontés, mais les siens.

Elle me dit qu'il y a des choses simples qu'elle n'arrive plus à faire. Comme la fonction « surligner » ou « mettre en gras » sur Word. Maman me parle d'une petite boule à la nuque qui ne lui fait pas vraiment mal, sauf de temps en temps. Pendant quatre secondes.

Depuis une semaine, maman ne m'a pas envoyé de textes sur son enfance. Elle s'est arrêtée à l'époque où elle habitait boulevard des Filles-du-Calvaire, quand elle avait sept ou huit ans.

Avant de reprendre, elle voudrait me faire un plan de la maison de Nanterre, où ils ont ensuite habité. « Sinon, tu ne comprendrais pas les histoires que je te raconterai. Il faut aussi que je te fasse un dessin du jardin. »

Papa m'appelle. Il a une voix brumeuse. Je lui demande depuis quand il est à l'hôpital. « Je ne sais pas. Depuis un certain temps. »

31

On se retrouve dans un café. Elle me fait un plan de la maison et du jardin. La balançoire. Le poulailler. La maison de la gardienne. Le bassin sans eau pour que les enfants ne se noient pas. « On y faisait des courses en vélo. » Les pissotières dont il ne fallait pas s'approcher. Elle m'explique que, toutes les semaines, elle traversait la place pour aller au catéchisme. Elle s'arrêtait devant une caravane dans laquelle on pouvait tourner une roue et gagner une poupée. Elle jouait pendant une heure. Ratait le catéchisme. Le curé se plaignait.

Maman me raconte deux/trois autres histoires. Manou, ma grand-mère, qui avait fait une mauvaise manœuvre avec sa voiture et était entrée dans le poulailler de la gardienne. La voiture de collection qui devait rester dans le garage et que son frère, Y, avait conduite à dix ans. Maman et ses sœurs étaient à l'arrière. Y avait labouré les pelouses et la roseraie de Dad.

« Je ne sais plus si je t'ai dit que ma polynévrite avait atteint le cerveau. Le 27 mai, pour ton anniversaire, on me fera des examens complémentaires. On me mettra des aiguilles et on me fera passer de l'électricité… Je ne sais pas si c'est évolutif. Il vaut mieux que je t'écrive mon enfance avant que je ne sois gaga. »

J'arrive chez maman. Son haleine sent l'alcool. On parle de ses résultats. Je cherche une photo de moi enfant à Brighton, une photo prise dans un cirque ; j'ai un lionceau dans les bras. Maman me dit qu'elle a l'impression d'être de l'autre côté du versant. Elle pense à l'après. Elle me dit : « Je me suis faite à l'idée que j'allais mourir du cancer... Vous toucherez le "pactole" *[elle a une assurance-vie, m'a-t-elle dit]* et même si je suis renversée par un autobus, vous aurez droit à ce pactole... Sauf si je me suicide. » On rit bêtement.

Elle me dit : « La voisine d'en face avait un cancer du poumon, elle est morte en deux mois. Si je suis condamnée, je veux pouvoir me marier pour que quelqu'un touche ma retraite. Je ne veux pas avoir cotisé pour rien... J'espère tenir jusqu'à soixante ans. Si tu connais quelqu'un... Sinon, je prendrai le premier SDF trouvé... J'en ai rien à foutre. Ça m'emmerderait d'avoir cotisé pour rien. »

Maman était dans une impasse. L'évolution de ses marqueurs l'obligeait à reprendre une chimio. Or, l'expérience de la précédente lui avait montré qu'elle ne supportait pas ces traitements. « Je m'empoisonne », disait-elle.

C'est dans ce contexte, neuf mois après avoir suspendu son traitement, que les médecins lui ont proposé un nouveau protocole. Selon eux, les effets secondaires seraient moins toxiques. Maman n'y croyait pas.

En parallèle de l'écriture de ce livre, j'ai interrogé des artistes sur leur rapport au deuil, à la mort ; leurs réponses m'apaisaient.

J'ai par exemple interrogé Y (un parfumeur).

As-tu déjà vu un mort ?
« Oui, la partie d'un mort. Dans une morgue, au CHU de Nantes. Dans une salle de dissection. Le torse, la tête. Les bras seulement. Avec les poumons évidés. »

Maman commence à avoir peur. Elle appelle tante Louise :
« Peux-tu me ramener de l'eau de Lourdes ?
– Pourquoi ?
– Quand j'étais adolescente, on avait offert de l'eau de Lourdes à Manou. Et ça a marché. »

C'était après son septième accouchement. Manou avait fait une hémorragie. Son pronostic vital était engagé. On lui avait mis de la glace dans l'estomac. Un prêtre était venu en urgence. Il avait fait couler de l'eau de Lourdes sur son visage.

À l'époque, ma grand-mère (qui avait accouché à Neuilly) devait être transférée dans un hôpital de l'est parisien. Le médecin avait prévenu qu'elle ne survivrait peut-être pas. L'ambulance roulait au pas. Mon grand-père suivait derrière, dans une voiture ; maman était assise à côté de lui. Pour la première fois, elle voyait son père pleurer. On leur avait dit que si Manou décédait sur la route, l'ambulance s'arrêterait. L'ambulance s'est arrêtée. Mon grand-père a éteint le moteur. Il a enfilé une cravate noire. Dans l'ambulance, un infirmier remettait un coussin en place.

Tante Louise a effectivement apporté une fiole dans laquelle stagnait de l'eau de Lourdes. Je dis à maman : « Il ne faut pas la boire, elle doit être périmée. » Elle sourit.

À ton avis, que se passe-t-il après la mort ?
« Je pense que... une fois que les bactéries de notre estomac ont terminé de digérer notre dernier repas, elles attaquent notre paroi intestinale, ce qui nous fait gonfler et moisir. Je ne crois pas qu'on se fait manger par

les vers, mais par les bactéries qui sont à l'intérieur de notre ventre. »

Maman : « Tante Louise s'est renseignée : je peux la boire à petites gorgées, ou la faire couler sur les endroits du corps qui font mal. »

Papa : « Un jour, mon père m'a dit : "Tu as le souffle pour écrire six pages, mais aurais-tu le souffle pour écrire cent pages ?" Cette phrase m'a toujours hanté. »

Hier, maman était « chagrine » ; elle a autorisé Baya (sa chienne) à venir dormir dans son lit : « On s'est fait un câlin. »

Maman : « Je commence à la sortir sans laisse quand il n'y a pas de voiture. J'essaye de l'habituer. À cause de la chimio, je n'aurai bientôt plus de forces. Quand je lui enlève sa laisse, elle a peur. Elle reste à mes pieds. Ça me rassure. C'est ma nouvelle occupation. Dresser Baya. »

Rêve. On ouvre des portes battantes derrière lesquelles se déroule une opération. Je détourne la tête. Les boyaux sont apparents. Le chariot est projeté vers l'avant, il roule sur deux marches, et s'effondre sur la gauche. On accourt. Le ventre de maman est apparent.

Maman : « Tu sais ce que m'a dit Manou ? Elle m'a proposé qu'on fasse *hara-kiri* toutes les deux. »

Coup de téléphone de papa. Il viendra bientôt à Paris assister à un séminaire sur la mort : « J'espère que je ne serai pas perturbé par les trains. Par les gares. » Je lui demande s'il a vu la famille de Jariza (sa quatrième épouse), au Tatarstan. « Oui, mais pas tout le monde. Je n'ai pas vu son frère par exemple, son frère qui est mort. Je n'ai pas vu non plus un petit garçon. » Papa me dit que la république du Tatarstan lui a fait penser au Pérou : « Le Pérou, c'est un peu la pellicule de ce que j'ai vu au Tatarstan... Le Pérou, c'est la pellicule ; le Tatarstan, l'image vraie. »

Maman : « Hier, aucune de mes sœurs ne m'a appelée. Je leur ai passé un savon, les unes après les autres. Elles n'ont pas moufté ; sauf Zoé, qui m'a raccroché au nez. »

Maman a trouvé une étudiante pour sortir sa chienne quand elle ne le peut pas. « Elle prend douze euros par jour. Ou huit euros pour une promenade. » Maman trouve que c'est trop cher : « Tu te rends compte. C'est presque aussi cher que le prix d'une journée. »

« Je viens d'avoir une explication avec la jeune fille qui garde Baya. J'ai besoin qu'elle la sorte trois fois par jour. J'ai calculé qu'à son tarif, ça faisait quatre mille francs par mois.
– Tu lui as dit quoi ?
– Je lui ai dit que je n'avais pas les moyens.
– Et elle t'a dit quoi ?
– Je ne sais pas. Elle est descendue promener Baya. Elle va réfléchir. J'espère qu'elle ne va pas la kidnapper. »

« Je me suis endormie à trois heures du matin. J'ai clopé trois paquets pendant la nuit. Je crois que je me suis fait une infection tabagique. J'ai la bouche toute sèche. »

« Ça y est, je commence à perdre mes cheveux.
– Comment tu le prends ?
– Bah, bien. Ce n'est ni la première fois. Ni la dernière. En fait, je viens de m'en rendre compte. J'étais en train de calculer. Oui, ça fait pile quinze jours. C'est normal.
– Ça te fait mal ?
– Non, pas cette fois. Enfin, ça fait un peu comme quand tu dors avec les cheveux mal peignés et que le lendemain tu as mal à la tête.

– Tu t'es réconciliée avec Zoé ?

– Oui, elle est venue me voir à l'hôpital. Elle m'avait apporté des sushis. Je n'en avais jamais mangé. Je me suis excusée platement pour la dispute. Elle était ravie. C'est son nouveau truc. Elle adore qu'on lui fasse des excuses. Moi je m'en tape complètement de lui faire des excuses. Je peux lui en faire autant qu'elle veut. »

Papa : « (...) J'ai dû rentrer du Tatarstan parce que je déraillais. Je parlais de cul à la famille de Jariza... Il n'y avait plus de barrières... J'essayais de méditer... Ce n'était pas aussi violent que quand tu étais petit, mais c'était violent quand même. »

Cette deuxième chimio a duré quatre mois. Les effets secondaires étaient moins pénibles qu'en 2003. Mais maman n'écrivait plus ; elle manquait de force.

8 octobre 2004. Elle m'ouvre la porte. Son visage est un peu bouffi. Elle me dit : « C'est à cause de la cortisone. Depuis avant-hier, je n'ai mangé que des olives. Aujourd'hui, j'en ai mangé deux. Hier, j'en ai mangé quatre.

– Pourquoi ? Tu as des nausées ?

– Non. Je n'ai pas faim. Ça ne s'explique pas. C'est mon corps qui dit stop... Plus que deux séances de chimio. » Elle me dit : « Ce qui m'emmerde, c'est de savoir que ça va recommencer dans un an. Dans deux ans. Dans trois ans. »

Je lui demande le nombre de médicaments qu'elle prend. Elle me dit un chiffre ; elle ajoute : « Et puis il faut que je mette une crème sur les mains contre l'eczéma, mais je déteste les crèmes, et puis Baya me lèche les mains, alors je préfère ne plus en mettre... À la place *[maman se met à rire]* je mets de l'eau de Lourdes que tante Louise m'a ramenée et dont je ne savais pas quoi faire *[elle regarde ses mains]*, ça a l'air de marcher.

– L'eau de Lourdes, tu ne la bois pas ?

– Non, non, j'en mets juste sur mes mains. »

2 novembre 2004. Je suis à Varsovie pour le week-end, chez une amie de fac avec laquelle j'avais eu un projet d'enfant, il y a quelques années. Sur la place principale de la ville, j'appelle maman. Elle sort de sa dernière séance de chimio. Elle a vu le professeur Y.

« Elle m'a dit que ma maladie était devenue chronique. Je mourrai d'un cancer. Ça peut durer vingt ans. Ils ont fait des progrès. Avant on mourait plus vite. Il faut juste que j'accepte d'avoir une chimio tous les ans ou tous les deux ans.

– Tu le prends comment ?

– C'est mieux que d'en avoir pour six mois. Et puis je m'en doutais. La psy m'avait fait une allusion. Y m'a redonné de la morphine. Elle était étonnée que je n'en aie pas demandé plus tôt. Mais là j'avais trop mal au dos.

40

Avec la chimio, la douleur va s'atténuer. (...) Tu devrais t'acheter un appareil photo.

– Oui.

– Ou un caméscope.

– Bof.

– Alors j'en achèterai un. On s'échangera l'appareil photo contre le caméscope. »

Maman : « Ton frère n'a toujours pas pris son billet d'avion pour le 24 décembre... Tu ne veux pas t'en occuper ? Moi j'ai essayé sur Internet, mais je n'y comprends rien... »

J'appelle Quentin. Ça m'énerve de lui mâcher le travail. L'aller-retour est à deux cents euros. Il me dit :

« Je ne vais pas venir. Ça coûte trop cher.

– Ce n'est pas toi qui payes... Ça fera plaisir à maman...

– Oui, mais non. »

J'appelle maman :

« Quentin ne veut pas venir. Il trouve que ça va coûter trop cher...

– Tu trouves que ça coûte trop cher ?

– Non. Je peux payer la moitié.

– On paye chacun cent euros... On lui fait une surprise. On prend le billet et on l'appelle !

– À mon avis, il vaut mieux l'appeler avant.

– OK. Je lui téléphone. »

Maman me rappelle quinze minutes plus tard :

« Il m'a dit qu'on faisait ce qu'on voulait, qu'on pouvait prendre les billets, mais qu'il ne montera pas dans l'avion. Il en fait une affaire de principe... Il trouve que le billet est trop cher.

– T'es déçue ?

– Bah... Ça va faire bizarre... On va se retrouver tous les deux... »

Un couteau zigzague dans mon ventre. Je dis :

« Tu verras, ça va être bien.

– On verra. »

Que faudra-t-il faire de ton corps après ta mort ?

« Moi, je veux brûler. Des cendres. Où les mettre ? Je ne sais pas. Je ne voudrais pas quelque chose de trop poétique. »

Réveillon chez maman. Elle a préparé un sapin. « C'est la première fois que j'en fais un... Les sœurs m'ont dit que ça te ferait plaisir. »

Maman déteste les sapins. Les surprises. Les cotillons.

Je me souviens d'un anniversaire de Quentin dans les années 80. J'avais emballé un cadeau. J'avais dit à Quentin : « Ferme les yeux » ; maman s'était énervée : « Je déteste les gens qui font des surprises... Dans ma famille, c'est leur grand truc, faire des surprises. Et quand t'es bien endormi, ils te font une crasse... »

On appelle Quentin. Il est tout seul à Montauban ; il fête Noël avec ses deux rats à qui il a offert des carottes. Il me dit :

« Et moi aussi je me suis fait une surprise. Je me suis fait un cadeau que j'ai mis au pied de l'arbre.

— C'est quoi ?

— Je ne sais pas. Je n'aurai le droit de l'ouvrir que demain matin... Ce serait un logiciel d'échecs que ça ne m'étonnerait pas. »

On appelle Manou.

« Comment va ta mère ?

— Plutôt bien.

— Mais alors, je me suis fait de la bile pour rien ? »

Maman m'offre des livres anciens qui appartenaient à mon arrière-grand-mère. Maintenant, pour Noël et mon anniversaire, elle ne m'offre que des souvenirs auxquels je tiens.

Janvier 2005. Dimanche soir. Le métro vient de me passer sous le nez. Il y a une vitrine à la station Parmentier, avec des objets qui viennent de « Moche ». On peut

par exemple lire : « Vase portrait (MOCHE) » ou « Bouteille : 3 fruits (MOCHE) ».

Maman : « C'est égoïste, mais pour moi, cette maladie
c'est autant la vôtre que la mienne. »

J'appelle Papa :
« Un jour, tu m'as dit que maman avait laissé un de ses
amis m'agresser sexuellement...
– Tu dois te tromper... Je ne vois pas de quoi tu parles.
Ah si !... Ce n'était pas un ami de maman... C'était une
femme qui te gardait. Elle gardait plusieurs enfants. Il y
en avait un qui avait trois ans de plus que toi. Tu avais
quatre ans. Il te bloquait, et il mimait qu'il t'enculait. Ça
me rendait fou. Ta mère disait qu'il ne fallait pas intervenir. Elle me traitait de malade. Je ne sais pas s'il est
allé plus loin... Peut-être... »
Papa me dit :
« Et tu te souviens de l'histoire des gitans ?
– Non.
– Tu avais quatre ou cinq ans. Il y avait des gitans qui
s'étaient installés près de chez nous. On habitait dans
une cité HLM de luxe. Tu étais descendu jouer avec leurs
enfants. Tu avais un collier de bonbons. Ils les avaient
tous mangés. Puis ils t'avaient dit de remonter chez toi.
Tu étais revenu à la maison tout content, l'élastique nu
autour du cou. »

Que faudra-t-il faire de ton corps après ta mort ?

« Moi, j'aimerais que ma famille me mange. Comme ça, au moins, ça prend du sens de dire : "la chair de ma chair". Je me souviens d'avoir dit à ma sœur, au téléphone, que j'aurais bien aimé manger mamie. Et elle m'a dit : "Heu, écoute, c'est dégueulasse." Et elle a ajouté : "De toute façon, il lui restait plus que la peau sur les os." »

« Tant que c'est les os, ça va. Mais un jour, ça touchera un organe. Tu crois qu'il faut que je fasse un testament ? Je veux que tout aille à toi et Quentin. Moitié-moitié. »

Je fouille dans un meuble en marqueterie qui appartenait à mon arrière-grand-mère, et qui est abîmé. Dedans, maman a mis des affaires à moi. Je retrouve des carnets que j'écrivais après le bac. Je les avais oubliés. Dans l'un, j'ai collé des photos. Des photos de mes amants de l'époque.

Je demande à maman si elle parle de *ça* à ses sœurs. Je ne prononce pas le mot « mort » ; je n'y arrive pas. Elle me dit : « Non. Enfin en filigrane. Mais leurs réponses m'énervent. Fanny m'a répondu : "Ce n'est pas grave, tes cheveux repoussent." »

Papa m'appelle. Il me parle du cœur et des veines. Il a peur, s'il décède, que maman touche quelque chose.

« En fait, il me reste un projet : mes dents.

– Des implants ?

– Oui.

– Pourquoi tu n'en mets pas maintenant ?

– J'attends que tout soit fini... Enfin j'attends d'avoir un sursis de deux ans... Enfin pour l'instant, je ne veux pas qu'on me touche. »

Mars 2005. Déjeuner à Cannes. Manou raconte que sa mère avait une chienne, qui s'appelait Crapote : « Elle était hideuse avec une dent qui dépassait. »

Maman : « Petite, j'avais aussi une dent qui dépassait. C'est pour ça qu'on m'appelait Crapote... J'ai porté un appareil. Je trouvais ça naze de n'avoir qu'un appareil. Je voulais un deuxième truc. Je disais que je ne voyais pas. Je voulais des lunettes. Mais l'ophtalmo disait que j'avais dix sur dix. Alors je m'étais mis en tête de boiter. Ça t'horripilait.

– Je me souviens. »

Quelle cérémonie aimerais-tu ?

« Comme pour mon mariage. La plus simple possible. Avec le minimum de témoins. »

« Tu sais que je suis allée à l'hôpital aujourd'hui ?

– Non.

– Je me dis que mon fils ne s'occupe pas beaucoup de moi.

– C'était tout le temps occupé.

– Normal. J'ai eu plein d'appels. Les autres s'inquiétaient.

– Qu'est-ce qui s'est passé ?

– Hier soir, ton frère m'a appelée. Je me suis mise à avoir très froid (je ne peux pas dire que je claquais des dents, je n'en ai plus. Mais j'avais très froid). J'ai pris un manteau. J'ai mis deux couettes au-dessus de moi. Je continuais à avoir froid. Heureusement, Fanny m'a téléphoné. Elle a senti que je n'allais pas bien. Elle a appelé SOS Médecins. J'avais 40 de fièvre. J'ai chopé une infection urinaire. J'ai dû attraper ça en allant pisser Dieu sait où. Ils ont voulu m'emmener aux urgences. J'ai dit non. Heureusement, un des médecins était sympa. Il a accepté de me laisser chez moi. Il m'a dit que sa mère avait la même chose que moi : un cancer du sein qui a migré sur les os. Ça fait vingt-cinq ans que ça dure. Elle a maintenant quatre-vingt-cinq ans. Ça m'a fait du bien d'entendre ça. Il m'a dit qu'une fois on avait dû la mettre huit jours dans une bulle. Moi je détesterais ça, qu'on me mette dans une bulle. Surtout qu'avec mes cigarettes, je ferais des trous partout. Tu connais Fanny. Elle a tra-

47

versé Paris dans la nuit pour aller me chercher des anti-
biotiques. Ce matin, on est allées à l'hôpital...

– Je ne savais pas...

– Tu ne m'appelles jamais au bon moment... Pourtant tu connais mes horaires... Je suis disponible entre
onze heures et quinze heures, et entre dix-neuf heures
et vingt-trois heures. Le reste du temps, je dors. Je l'ai
dit aussi à ton frère.

– Tu as téléphoné à Quentin ?

– Bien sûr. Je l'ai appelé pour le rassurer. J'ai appelé
sa copine aussi. »

Au printemps 2005, les médecins ont proposé une nouvelle chimio. Un nouveau protocole.

Que faudra-t-il faire de ton corps après ta mort ?
« L'exposer sur un toit pour qu'il soit mangé par les
corbeaux plutôt que par les vers. Enfin, en tout cas, que
je ne sois pas enfermée. Dans l'idéal, je voudrais qu'on
me mette dans un endroit où je ne dérangerais personne,
mais où je pourrais éventuellement me relever. »

« Tu sais ce qui m'est arrivé ?

– Non.

– J'avais rendez-vous à l'hôpital à huit heures. Dans la
nuit, je me suis levée pour aller pisser. Je suis tombée.

J'étais consciente. Il était trois heures du matin. Je n'arrivais pas à me relever. Avec cette nouvelle chimio, je n'ai plus de forces. Et avec mon poids, ça n'aide pas. Je me suis traînée jusqu'au téléphone. J'ai appelé une ambulance. J'ai pensé : Puisque je dois être à huit heures du matin à l'hôpital, autant que je sois en avance. *[Maman me raconte la suite de son histoire dans un fou rire.]* J'ai passé la nuit aux urgences. J'avais peur de tomber de leur brancard. C'est tellement étroit, et mes fesses sont tellement épaisses. Arrivée dans le lit, j'ai relevé les barreaux pour être sûre de ne pas tomber. "

Je rejoins maman et deux de ses sœurs à l'hôpital. Un médecin remplaçant la reçoit. Il pose des questions que je ne comprends pas, que maman ne comprend pas non plus ; ça semble l'énerver. Il veut savoir où se situe la récidive : « Au foie ? » Je touche le bras de maman.

« Non, ça reste localisé aux os.

– Quel âge avez-vous ?

– Cinquante-huit ans. »

Maman me fait un clin d'œil. Elle s'est vieillie de vingt-quatre heures.

Au bout du couloir (à droite), il y a la chambre dans laquelle a lieu la séance de chimiothérapie. Pendant que les produits coulent, maman et ses sœurs racontent leurs souvenirs d'enfance.

Leurs voisins étaient les Panafieu. Ils avaient plusieurs fils. Leur mère avait coutume de dire : « Je préférerais qu'on coupe les jambes de mes fils plutôt qu'ils fréquentent les filles Guyot [*maman et ses sœurs*]. »

Zoé est assise au fond. Elle ne se souvient pas d'un seul geste de tendresse de sa mère : « Sauf une fois, quand j'avais sept ans. Elle m'a prise sur ses genoux. Je me souviens de l'emplacement de chaque meuble. »

Mélie : « Maman n'aimait pas être seule. Quand on avait dix ans, elle nous cachait, Claire et moi, dans la baignoire au fond de l'appartement. Elle attendait que Dad parte travailler, puis elle venait nous chercher : "C'est bon, on est toutes les trois !", on partait faire des courses chez Courrège. On adorait ça. Elle n'arrêtait pas de nous faire sécher l'école. »

Maman : « Manou et Dad nous disaient que les gens intelligents avaient un grand front. Le mien était petit. Manou ne comprenait pas pourquoi une de ses bonnes, qui était particulièrement bête, avait un si grand front. Ça me minait. J'ai cessé de complexer grâce à toi, Mathieu, parce que tu as un petit front. »

50

Zoé : « Maman ne nous a jamais dit qu'on était belles. On se trouvait toutes moches, connes. Aujourd'hui encore je n'arrive pas à me trouver belle. Je n'ai jamais pu. »

Fanny ramène maman à Clamart. Le soir, je l'appelle. Elle me dit qu'elle a de la fièvre. « Je ne veux pas téléphoner à un médecin ; je ne veux pas qu'on m'hospitalise pour le week-end. J'ai froid. J'ai mis deux couettes sur mes vêtements... Non, je ne veux pas que tu viennes. »
J'appelle SOS médecins :
« Ma mère a eu une séance de chimio cet après-midi.
– Il faut la convaincre d'appeler un médecin. »
J'essaye de joindre Fanny ; elle est sur répondeur. Je compose le numéro de Zoé ; elle est en train de dîner chez une amie. Elle téléphone à maman, puis me rappelle : « Pascale a le moral. Elle m'a dit en riant : "Mon fils a bavé, il ne sait pas garder un secret", elle a l'air d'aller mieux, elle m'a dit qu'elle venait d'enlever une écharpe, elle m'a promis qu'elle reprendrait sa température après la fin de *Maigret*, elle me rappelle ensuite, je te tiens au courant. »

Le lendemain. J'attends onze heures pour téléphoner à maman. Je lui chante une chanson pour son anniversaire. Pendant que je chante, elle rit à l'autre bout du téléphone : « Tu as fait des progrès. Tu chantes moins faux que d'habitude. » Maman n'a plus de fièvre. Elle me dit :

« Je vais t'appeler l'escargot.

– Pourquoi l'escargot ?

– Parce qu'un escargot, ça bave. »

Je rêve que nous sommes quatre dans le lit : maman, mon frère, Baptiste et moi. Baptiste et moi faisons l'amour. Je ou lui pousse un cri au moment de jouir. Maman se lève, contourne le lit. Elle regarde Baptiste. Elle lui dit : « Vous m'avez réveillée. Je déteste être réveillée », et elle le gifle.

Le professeur Y me téléphone. La fièvre de maman serait liée à l'arrivée de métastases dans le foie.

« C'est grave ?

– Ça peut être rapide.

– ...

– Quelques mois. »

Elle fait toujours le même cauchemar. Trois enfants qui partent en même temps à des endroits différents, l'un en avion, l'autre en train, l'autre en voiture. Elle se réveille en nage.

J'appelle mon père. Il me dit qu'il a compris notre séparation à l'adolescence : « Votre mère vous a emmenés au Canada alors que je voulais aller en Algérie. J'ai mal réagi. (...) On était tellement proches quand tu étais petit. On avait un lien intellectuel et poétique très fort. Tu avais des lettres magnétiques. Tu les posais sur la télévision quand tu voyais des pubs. Tu mettais le V sur le V de Volkswagen. Je me suis moins occupé de Quentin. Je me disais qu'il en avait moins besoin parce que ta mère le préférait. C'est peut-être à cause de moi que tu es devenu homosexuel. Je me suis peut-être trop occupé de toi. Mais proprement. Vous êtes tous les deux propres. Au sens éthique. »

Maman dort. Elle a le visage jaune. Elle a froid. Elle préfère le côté bleu de la couverture au côté orange : « L'orange, ça réveille. » On lui fait une transfusion de globules. Elle se moque de moi, elle m'appelle son chevalier servant. Je culpabilise. À cause de ce ballon dans le ventre, cette peur d'éclater en larmes devant elle. Depuis deux jours, j'ai envie de lui dire je t'aime, de la serrer dans mes bras, de la toucher. Je n'ose pas. J'ai peur de lui faire peur.

L'infirmière dit à maman : « Vous m'énervez. » Elle le lui dit avec douceur. Ils sont obligés d'arrêter la chimio. Ils lui font une transfusion. Le liquide est violet. Je dis :

53

« C'est classieux. » Maman dit : « C'est la couleur de mon pinard. » Elle a le visage jaune. Elle s'endort. Ses cheveux sont tout doux, comme ceux d'un bébé. Ma tante Claire lui a apporté un patch antitabac pour qu'elle ne soit pas en manque de nicotine pendant la transfusion. Je suis dans le hall de l'étage avec ma tante Mélie. Le professeur Y nous explique que le foie est en mauvais état, qu'il faut réinjecter des globules rouges et des plaquettes avant de reprendre le traitement. Mélie est assise en face de moi. Elle sent bon. Elle porte un gilet rose assorti à ses chaussettes. Elle regarde droit devant elle, boudeuse. Je m'approche d'elle. Je la prends dans mes bras. On pleure tous les deux. Je lui caresse les cheveux. On descend au rez-de-chaussée comme des amoureux, le corps scotché l'un à l'autre. Anne *[une autre de mes tantes]* est au bout du couloir. Mélie refond en larmes. On s'attrape tous les trois. Mélie dit qu'elle a peur : « Je tremble comme une feuille face à Pascale. J'essaye de ne pas pleurer, mais je n'y arrive plus. » Dans le lit, je regarde les épaules de maman que je trouve belles. J'ai envie de la toucher. De l'embrasser. D'être près d'elle. On reste un long moment, les yeux dans les yeux, sans parler. Je prends un café avec Anne. On parle avec l'assistante sociale. Avec une amie de la famille, Christine Y, qui s'occupe de soins palliatifs. Je fonds en larmes ; Anne me prend la main. On se raconte des souvenirs. Christine Y me dit : « Votre mère ne va pas mourir dans le mois. Sauf complications. » J'appelle Quentin. Il est calme. Il hésite à revenir à Paris. Il

ne sait pas si ça ferait plaisir à maman. Il a peur. Il me
dit qu'il va se renseigner sur les billets.

Ils ont broché mon corps en deux et l'ont classé dans
un grille-pain. Je vagabonde plein de grelots. J'attends,
j'espère, et je me perds. De nouveau. L'encre coule dans
mon cerveau. Un garçon très beau. Sur le quai. Avec un
œil crevé.

Maman a eu des crampes pendant la nuit. Zoé lui a
conseillé de dormir avec un bouchon de liège dans la
main. Je demande à maman si elle en a. « Oui, plein ! »

Quand et comment penses-tu mourir ?
« J'ai été à Singapour avec une compagnie de danse,
il y a deux ans. On était dans un bar et il y a un Indien,
un sage avec son vêtement traditionnel, qui proposait de
lire l'avenir, mais tout le monde disait non. Moi j'ai dit
oui... Il a lu mes mains et il m'a dit (ça peut te paraître
une bêtise), mais il m'a dit : Tu vas beaucoup voyager
(ça c'est fait). Tu ne vas pas avoir de chance en amour
(ça se passe effectivement comme ça dans ma vie), et il
m'a dit... Tu vas mourir à quatre-vingt-deux ans... donc
j'y crois un peu. »

Maman va beaucoup mieux. Grâce à la transfusion de globules rouges et à la cortisone. Elle me dit qu'elle a de nouveau l'espoir. Petit poignard dont je ne sais pas quoi faire.

On s'arrête devant Hélène-Rouart (un centre de soins palliatifs dont nous a parlé Christine Y). Fanny m'attend en double file. Il y a une femme à l'accueil. J'explique :
« Ma mère a un cancer des os. Les médecins pensent que les métastases ont atteint le foie, mais ils n'en sont pas sûrs.

– Monsieur, vous êtes ici dans un centre de soins palliatifs.

– Je sais. En fait, ma mère va beaucoup mieux. Mais si son état se dégradait, si, un jour, les métastases atteignaient le foie, les médecins nous ont dit qu'il y en aurait pour quelques mois.

– Quelques mois pour nous, c'est beaucoup trop. La durée moyenne est de trois semaines.

– D'accord, mais si elle en avait pour trois semaines, est-ce qu'elle pourrait fumer et boire dans sa chambre ?

– Non. Nous ne sommes pas un hôtel. Si elle veut fumer, il faut qu'elle aille dans le jardin.

– Mais si elle ne peut plus se lever ? »
La femme de l'accueil hausse les épaules et me fait un sourire.

Papa : « L'année dernière, j'ai compris quelque chose de très important. Je suis un handicapé mental. C'est incurable. Avant, je ne le savais pas. »

Déjeuner à Clamart. Maman me demande d'aller chercher les six feuillets que j'ai écrits sur son enfance et que je lui avais offerts pour son anniversaire. Elle veut aussi que je lui apporte le cahier qu'elle avait écrit pendant sa cure de désintoxication, en 1994. Mélie, qui est avec nous, le lit. Les six feuillets sont posés sur la table basse. Maman les regarde, songeuse. Je lui demande : « À quoi tu penses ? » Elle sourit : « C'est posthume. » Je ne réponds rien. Elle enchaîne : « Je crois que je n'en ai plus pour longtemps. » Je l'embrasse dans le cou. Elle m'appelle « mon chéri », « mon poussin », « mon trésor ». Elle me caresse la jambe, le ventre, elle me caresse la tête. Elle sait que je pleure. Je me redresse. Maman me dit : « Tu te souviens ? Hier je t'ai montré ma ligne de vie, elle s'arrête et puis elle reprend ; c'est une pause. »

Mélie éclate de rire. Elle nous lit un passage du cahier de 1994, dans lequel maman évoque le « petit papo » et le « grand papo ».

Mélie : « Moi non plus, je n'ai jamais réussi à dire "caca". À chaque fois, ça me tord quelque chose. Manou disait toujours : "Je vais voir le *Malin*." Ça m'horrifiait. »

« Bonjour, papa, c'est Mathieu... Ça va ?
– Non. Je suis un peu dépressif, tu sais. Toi, ça va ?
– Oui. J'ai déjeuné avec maman. Elle allait plutôt bien.
– Ah... Tout est réglé. Elle n'a plus de problème de santé ? »

Maman a une voix résignée. Elle me fait ses blagues maternelles. Ces phrases qui font rire.

Elle me parle de papa. Elle me dit qu'elle était amoureuse de lui. Avant son voyage au Pérou, il était déjà un peu illuminé, ça ne la dérangeait pas. Il était Rosicrucien, mais il ne pratiquait pas. Il suivait les techniques du docteur Lefébure. Si j'ai bien compris, il fixait une lumière jusqu'à avoir des visions.

Je remonte le Père-Lachaise. Je grille à l'intérieur. Mes capteurs de bonheur sont éteints.

Papa : « Mathieu… j'ai rencontré un médecin qui a inventé un médicament qui soigne les maladies incurables. Le sida… Et ça marche aussi pour le cancer… Si tu veux, je peux te donner son numéro de téléphone… »

Maman n'arrive plus à prendre de bains. Elle glisse. Elle n'a plus la force de tenir debout.

Elle veut faire une fête avec tous ceux qui ont vu « sa nouvelle gueule ». Elle y a pensé cette nuit. Elle aimerait un truc en plein air. Avec cinquante personnes. À la condition qu'elle puisse manger sans vomir. « Ce serait ma façon de vous remercier. »

Je culpabilise d'avoir dit à papa de ne plus m'envoyer d'e-mails « collectifs ». Papa me demande : « Mais les liens sur les sites gays, je peux te les envoyer ? »

Elle a emprunté de l'argent à Manou pour aménager une douche dans la salle de bains. Manou a piqué une colère. Elle a dit à Jackie, sa dame de compagnie : « Venez ! Nous aussi on va dépenser de l'argent ! » Manou a acheté un collier pour son chien, deux os en plastique pour son chien et une autre babiole pour son chien.

Elles sont allées le toiletter. Manou est revenue d'excellente humeur.

J'appelle papa. « Mathieu, je ne peux pas te parler. Je suis en Suisse. Je suis en train de prier. Il y a le dalaï-lama. »

La gastro-entérologue a fait analyser le scanner de maman par plusieurs personnes. Les avis sont unanimes. Il n'y a pas de métastases au foie. On a également fait une analyse sanguine pour vérifier le F.A.P., qui est le marqueur du foie. La normale est à 20 maximum. Maman est à 159. La gastro dit à maman qu'elle n'y comprend rien. Selon l'analyse sanguine, elle aurait un cancer du foie, selon le scanner elle n'en aurait pas. Maman me dit : « Ce qui m'amuse, c'est que je ne suis jamais comme les autres... Tu sais ce que j'ai fait après l'avoir eue au téléphone ? Je me suis pris un kir. Et comme je tremble, j'ai renversé du kir sur mes analyses. Comme je dois les montrer au professeur Y, j'ai pensé qu'elle allait croire que c'était de la provoc de ma part. J'ai eu honte. Alors j'ai pris du Tipp-ex et j'en ai mis partout sur la tache de kir. »

Maman m'explique qu'elle adore emmerder le monde ; par exemple, quand elle a des pubs dans sa boîte aux lettres, ça l'amuse de mettre les prospectus dans les autres boîtes aux lettres. Elle se demande souvent pourquoi elle en retire du plaisir. Quand elle y réfléchit, le mot « vengeance » lui vient à l'esprit. Elle me dit : « Cette nuit, j'ai compris pourquoi : c'est parce que je ne suis pas un garçon. J'ai déçu les parents. »

Quelle cérémonie aimerais-tu ?
« Comme en Afrique. Sept ans après la mort, on refait une grande fête. »

J'appelle maman. Les travaux de la salle de bains sont finis. Elle va pouvoir prendre sa première douche cet après-midi. Je lui dis : « Tu vas l'inaugurer ? » Elle répond : « Mathieu, j'ai mal partout, je n'ai pas le sens de l'humour. » Elle a dormi dix-huit heures. Elle veut se recoucher. Je lui dis :
« Je t'embrasse. Je te rappellerai plus tard.
– Oui. Rappelle-moi. Mais pas trop souvent. »

Papa : « Quand nous nous sommes séparés avec ta mère, j'ai fait un rêve. J'étais un oisillon. Un grand oiseau (un aigle ou un corbeau ?) a foncé sur moi. Cet aigle, c'était ta mère bien sûr. Avant que le choc n'ait lieu, l'oisillon a disparu. L'aigle, lui, s'est écrasé contre un mur. Son bec formait un zigzag. »

Cette nuit, maman s'est réveillée en colère contre le professeur Y.

« Pourquoi ?

– À cause de l'alcool. La prochaine fois que je la vois, je le lui dirai. Il ne faudra pas que tu sois vexé. Je sais que c'est toi le premier qui lui as parlé de mes problèmes d'alcool.

– Pourquoi tu dis ça ?

– Je sais que tu es allé la voir en cachette.

– Elle le savait déjà.

– Bien sûr qu'elle le savait. Avec les prises de sang... Tu n'étais pas obligé de le lui dire. »

Mon père m'a envoyé un e-mail. Ça parle « d'impermanence », de « facteur crasse X », de « solodification ».

Maman : « J'ai l'impression de n'être qu'un composé chimique. »

Papa me raconte que son ami a découvert le médicament contre le cancer du sein en rêvant du dalaï-lama. Il existerait cinq types de cancer. Dont un qui s'attrape par la salive. « Tu peux lui écrire si tu veux. Ou lui téléphoner...

– Papa, c'est quoi exactement ta maladie ?

– Il existe plusieurs noms. Pour vulgariser, on peut dire que je suis maniaco-dépressif.

– Quels sont les autres noms ?

– Troubles du comportement.

– Tu prends quoi comme médicament ?

– Je ne sais plus. La même chose que Y [*une nièce de papa*]. Je prends aussi du Norimo. Je ne suis pas sûr du nom. Le médicament de mon ami est extraordinaire... Jariza ! Donne-moi le numéro... Mais de la personne chez qui on est... Le nom du médicament, c'est Narito... ou Rimoto...ou Rizono... »

J'appelle ma cousine.

« C'est quoi le médicament que tu prends ?

– Des neuroleptiques et des stabilisateurs d'humeur.

– Tu les prends en même temps ?

– Non. Un le matin. L'autre le soir. Pourquoi tu me poses ces questions ?

– J'aimerais aller voir un psy.

– Un quoi ?

– Un psy.

– Comment ?... Attends, je vais fermer la fenêtre.

– Un psy. Un psychiatre ou un psychanalyste.

– C'est drôle que tu me dises ça. J'étais sûr que tu faisais une psychanalyse depuis des années.

– Non.

– Moi, je ne fais pas de psychanalyse. Je vois un méde-

cin qui me donne une ordonnance, c'est tout. La psychanalyse, c'est le divan. Tu racontes ton enfance.
– Tu n'as jamais voulu en faire une ?
– On ne me l'a jamais proposé. Je crois que la psychanalyse, c'est utile avant les médicaments. Après, c'est trop tard. La psychanalyse, c'est préventif. C'est comme la médecine douce. »

J'appelle maman. Elle me dit :
« Ta cousine m'a téléphoné... Elle m'a dit que tu avais un petit moral.
– Non. Je suis allé voir un psychiatre aujourd'hui.
– C'est bien. J'ai reçu mon nouveau matelas. J'ai dormi comme un bébé pendant deux heures. »

Cette nuit, j'ai rêvé de maman. Elle avait rajeuni. Elle était belle, avait les cheveux longs, comme quand elle avait trente ans. Dans mon rêve, je ne voyais que son visage. Elle était allongée sur le dos.

Je suis pulvérisé. Aspergé de petits éclats.

Maman me dit qu'elle n'a pas peur de la mort. C'est un long sommeil. Elle a peur de souffrir. Elle se demande si elle n'en a plus que pour quelques mois à vivre. Dans ce cas, pourquoi reprendre une chimio ?

La dépression, c'est un espace blanc. Un pneu crevé.

Je lui dis : « Seule toi peux choisir. Si tu ne veux pas reprendre la chimio, c'est ton droit. » Maman me répond : « Dans le cas inverse, si c'était toi qui étais malade, je te dirais : "Tu n'as pas le droit, tu es obligé de te soigner." »

On a rendez-vous « en secret » avec le médecin généraliste de maman. On arrive avec dix minutes de retard. Il fait chaud. Le docteur Y nous reçoit tout de suite. Il ne sait pas exactement qui on est. Fanny : « Je suis la sœur de Pascale. Nous sommes sept enfants ; on est six filles. » J'ajoute : « Je suis son fils. Maman a deux fils. » Il nous regarde Fanny et moi. Il laisse un silence. Il dit : « Enchanté. » On parle du foie de maman. Il nous demande :
« Vous saviez qu'elle buvait ?
– Oui.
– Je veux dire beaucoup, et depuis longtemps ?
– Oui.
– Moi, je l'ai appris récemment. Par les analyses. »
Il pense qu'il y a des métastases au foie, même si elles ne sont pas visibles. Je lui demande s'il pense qu'il serait utile d'aller voir un autre gastro-entérologue. Il nous dit :

« Dans l'état où est votre mère, quel que soit l'état de son foie, ça ne changera pas grand-chose. On approche de la fin. » Je lui demande son espérance de vie. « Je ne peux pas répondre. » Silence. « Disons que c'est une affaire de mois. » On continue de poser des questions. Tout le monde fait attention aux mots qu'il emploie. En même temps, tout est direct. Fanny parle de Quentin. Le médecin me regarde :

« Vous devez dire à votre frère de remonter. Il faut qu'il aille voir sa mère.

– À votre avis, elle a envie de savoir ?

– Je ne pense pas. En tout cas, ce n'est pas moi qui irai lui annoncer qu'elle a des métastases au foie. (...) Si on peut lui refaire une chimio, il faut la refaire. Ne serait-ce que pour son moral. Mais il ne faut pas se leurrer. Votre mère a maintenant besoin de soins palliatifs. On ne peut plus la soigner. »

On prend un café près de la gare de Clamart, à trois cents mètres de chez maman. Elle dort sans doute. C'est le milieu de l'après-midi. J'hésite à aller la voir. Je me dis que la mort, ça doit ressembler à ça : être tout près de quelqu'un et ne pas pouvoir le voir.

Maman a demandé un voile pour sortir. Fanny lui a répondu que c'était grotesque.

En 1955, maman a eu un cours sur l'alcoolisme. La maîtresse a demandé : « L'une de vous a-t-elle un père alcoolique ? » Maman a levé la main : « Moi ! Moi ! » Elle était très fière de connaître la réponse.

Elle ne mange plus. Elle dégueule tout. Hier, des poireaux. Elle a des envies de sucre. Elle pense que ça peut la requinquer.

Je lui parle des textes que j'avais écrits sur elle : « Ce serait bien d'ailleurs qu'on continue. Tu t'es arrêtée à la maison de Nanterre. » Maman sourit : « Oui, on va continuer. »

Quand je veux parler de la mort de maman, je réfléchis toujours quelques secondes. J'évalue ma capacité physique à parler sans pleurer. Je lance une phrase. Deux phrases. Attentif au bloc de glace. J'attends qu'il fonde.

Au milieu des années 50, Manou et Dad ont déménagé rue Jean-Richepin, dans le 16ᵉ arrondissement. « On habitait dans un grand appartement, avec un couloir immense, dans lequel on faisait du patin à roulettes. » Elle me parle de sa cousine Flore : « Je la détestais. Elle avait quatre ans, des grands cheveux roux. Moi, j'en avais huit. Ses parents étaient partis vivre à l'étranger ; ils ne pouvaient pas la garder. Alors elle est venue à la maison. Je l'attrapais par les cheveux et je la cognais contre le mur. »

Après ta mort, que faudra-t-il faire de ton corps ?
« C'est une bonne question. Maintenant, j'accepterais qu'on le brûle. Mais pendant longtemps, j'ai pensé que ça faisait mal. Alors je ne voulais pas. Je ne voulais pas comprendre que quand on est mort, on est mort. Je me disais : "Comment être sûr que ça ne fait pas mal ?" »
[Geste de la main gauche qui remonte sur le bras droit].

Papa : « Quand ma mère est morte, j'ai fait des cauchemars. Une fois, je l'ai vue comme en plein jour. Après, mon frère aîné est mort, et j'ai recommencé à faire des cauchemars, les mêmes que ceux de ton frère, sauf que Quentin, il ne savait pas que c'étaient des rêves, il croyait que c'était la réalité, un jour il m'a dit : "Papa, pourquoi tu me torturais ?", je lui ai répondu : "Quentin, c'était un rêve, tu sais bien que Mathieu et toi vous êtes mes amours…" »

Déjeuner chez maman. Elle prépare un kir. Fanny raconte qu'elle était en pension au Sacré-Cœur, à côté de Tours. C'était un cloître dont on ne pouvait sortir que pendant les vacances : « Même les bonnes sœurs n'avaient pas le droit de sortir, sauf pour les enterrements et pour aller voter. Un jour, les parents étaient passés me voir. Papa voulait me montrer sa nouvelle voiture. Elle était garée devant le cloître. Les bonnes sœurs ont refusé. (...) Une fois par semaine, on prenait un bain. Il y avait plusieurs baignoires les unes à côté des autres, séparées par un rideau. Les bonnes sœurs nous interdisaient de parler pendant notre bain. Manou, qui avait été pensionnaire au Sacré-Cœur dans les années 30, m'avait dit qu'à son époque elles n'avaient même pas le droit d'être nues dans un bain. Elles devaient garder une chemisette. »

Il y a une force en moi, artisanale, un truc rafistolé, qui pourrait exploser.

Maman évoque Le Paraclet. Un pensionnat où elle a passé trois ans. Les surveillantes s'étaient elles-mêmes rebaptisées avec des prénoms de conte de fées. Il y avait « Cendrillon », à qui maman avait offert un rasoir parce qu'elle portait une moustache.

Elles se souviennent d'un couvent en Espagne où elles étaient aussi allées : « Les parents ne le savaient pas, mais là-bas on nous laissait faire tout ce qu'on voulait. »

69

« Avec une copine – raconte maman – on prenait des tapas au chocolat dans les mains, et on courait dans les rues bondées en criant : "Excusez-nous ! Excusez-nous... !" On piquait des chaussures sur la plage. »

Fanny raconte qu'elle fuguait. « Je me souviens – raconte sa sœur –, une fois, sur le balcon, j'étais avec maman, on t'a vue passer dans la rue avec ton sac. Maman a dit : "Tiens ! Fanny fait une fugue !" »

« Un week-end sur deux, les parents partaient à la chasse. On organisait de grosses soirées. Tout le monde s'incrustait. »

« Quand les parents étaient là, on faisait le mur. On mettait des somnifères dans le thé de notre mère. »

« Un soir – raconte maman – où je voulais sortir pendant que les parents dormaient, un des chiens de l'office s'est mis à aboyer. C'était un tout petit chien. Je l'ai pris sous mon bras et je l'ai emmené avec moi en boîte. »

Fanny me dit que maman avait un don pour voler tout ce qu'elle voulait : « On était toute une bande à La Baule.

On lui faisait nos commandes de maquillage. Ta mère, elle, ne se maquillait pas. »

« Un jour, je me suis fait choper. Je me suis retrouvée au commissariat. Les parents étaient à la chasse. Il a fallu appeler tante Louise qui est venue me rechercher. Les parents étaient furieux. Pour me punir, ils ont décidé d'en parler à la mère supérieure du pensionnat. » Maman explose de rire : « J'en avais rien à foutre ! »

Elle me raconte ses souvenirs avec son frère : « On n'a fait aucune connerie ensemble. Il nous dénonçait. Il avait dénoncé Mélie qui écoutait *69, année érotique*. Les seuls souvenirs de complicité que j'aie avec lui, c'est à l'adolescence quand on montait à cheval. On était les deux seuls à adorer ça. On les montait à "cru", c'est-à-dire sans selle, pour qu'ils se baignent dans la mer. Les autres nous disaient qu'on sentait le crottin.

– Et Mamée, tu en étais proche ?

– Oui. On avait le même humour. Quand elle est morte, je n'ai pas appelé pendant quatre jours à la maison. J'avais l'impression que si je n'appelais pas, elle restait vivante. »

Baptiste touche du doigt la méchanceté possible de ma mère.

Maman aimerait déjeuner sur le sable à Noël. Elle ne sait pas si elle en aura la force.

J'appelle mon frère. Il me dit : « Ce serait mieux que je sois en contact direct avec les médecins. J'ai l'impression qu'ils seraient moins alarmistes que toi. L'année dernière déjà tu me disais la même chose. »

On descend à Cannes ; Manou raconte que, quand elle était pensionnaire au Sacré-Cœur, les bains étaient payants. Mon arrière-grand-mère était radine. Elle disait : « Quoi ? Encore un bain ? » Elle parle de sa grand-mère maternelle, une pharmacienne, qui lui avait légué un appartement en face du cirque d'Hiver. Maman nous dit : « Je me souviens de cet appartement. Je pourrais le redessiner. »

On boit du porto. Jackie a préparé la table. On mange tous les trois, maman, Quentin et moi. Manou dort.

Cet appartement me déprime. J'ai l'impression d'un musée qu'on aurait dévalisé. Derrière les fenêtres en demi-lune, la baie de Cannes, comme sur une carte postale. Je m'endors au milieu de la nuit. Quentin ronfle.

À huit heures du matin, maman ouvre notre porte. Elle est énervée. Elle veut que je « speede ». Manou est habillée. Je descends son chien. Je croise le concierge dans le parc. Il sent l'alcool.

Le soir. Je veux descendre pour écrire. Quentin m'accompagne. On prend un cocktail sur le port. Le buvard entre nous deux se déchire. On parle de son enfance. De ses crises maniaques. Ses pétages de plomb. Ses séjours à l'hôpital. Il me dit qu'il est un suiveur. Que mon départ à seize ans a été une douleur similaire au divorce. Il n'imagine pas un monde sans maman. On parle de l'écriture. De papa. On a un gros ballon immatériel entre nous. On serre le ballon.

Elle me parle de cet homme qui avait tenté de se mettre une balle dans la tête et qui est devenu coach après s'être raté.

Parfois je pense que mon écriture, c'est le camion que je garde. Et que je refuse de poser au sol. Même si les hommes en cagoule menacent de se tuer.

73

Janvier 2006. J'appelle papa. « Mathieu ? C'est fou, je pensais à toi il y a trois minutes. C'était intéressé d'ailleurs... Tu sais qu'en ce moment, je suis très créatif. Mais je garde les pieds sur terre. J'écris en anglais, j'écris tous les jours. Sur ce que je fais. Sur ma stratégie de travail. Mais j'ai peur qu'on me pique mes idées... Est-ce que je peux protéger en France un manuscrit en anglais ? Et, en Angleterre, ça marche aussi ? Parce que je vais l'envoyer à des éditeurs anglais, tu comprends ?... En ce moment je travaille beaucoup. Une semaine, je fais du russe, et je me repose en faisant de l'anglais et du tibétain, l'autre semaine je fais le contraire...

– Ça parle de quoi ton roman ?

– C'est l'ami d'une fille, qui vous aimait beaucoup, mais je ne sais plus qui c'est. »

J'ai fait un rêve. Je recevais deux balles : une dans la main, l'autre dans le pied.

Papa : « Quand vous étiez petits, à une époque où j'étais abruti par les médicaments, vous aviez voulu que je retourne à la fac, c'était toi l'instigateur. Ça m'avait mis dans une colère noire. Tu avais pleuré. À l'époque, j'étais marié avec Najette. Elle t'avait rejoint. Tu lui avais dit : "Je sais qu'il m'aime à sa façon." Mon problème, c'est que je parle toujours trop loin du combiné... Comme me dit Jariza : "Tu es vivant maintenant." Je ne veux pas retomber dans les travers de ma maladie. Cette maladie, je l'ai, je la garde. (...) Le docteur m'a donné un nouveau médicament. Ça me fait du bien. Ce qui me fait du bien aussi ce sont les massages de Jariza. Je hurle. Je hurle tellement que ça réveille les autres locataires... Je criais : "Va t'en !" et je voyais de l'eau... J'ai été très marqué par ce qui s'est passé en Asie. Le tsunami. Quand j'étais petit, on venait en France deux fois par an en bateau. On était en seconde classe. Une fois, il y a eu une tempête. Le bateau a tangué. Tous les transats étaient les uns sur les autres. Il faisait nuit. Je voyais l'eau. Finalement, le bateau s'est stabilisé. Mes parents ne me retrouvaient pas. Quand ils m'ont retrouvé, ce n'était plus leur affaire... J'ai tout de suite fait le lien... Jariza m'a fait des trucs... Ils sont quatre ou cinq dans le monde à savoir faire ces trucs. Son père était très fort aussi... Elle fait du reiki. C'est typiquement tatare... ou tibétain. Un truc de guérisseur. De chamanes. »

Il y a un labyrinthe dans un roman que seul l'écrivain connaît.

Mai 2006. Anniversaire de maman. J'apporte des petits-fours et deux bougies blanches en forme de cube. Zoé est arrivée avant moi, avec deux ouvriers pour refaire une partie de la cuisine. Maman lui dit : « Je trouve ça indécent. (...) Mais pourquoi as-tu besoin de tout faire de façon théâtrale ? » Zoé a les yeux rouges. Les ouvriers repartent. On mange un poulet et des pommes de terre. « J'ai mal aux côtes. Elles sont devenues saillantes. Elles se sont peut-être fêlées dans mon sommeil. » Elle serre les mâchoires. On se tait. Il y a du soleil.

« Je t'ai offert un parfum.

– Coco ?

– Non.

– Je n'aime que Coco.

– Opium. C'était ton parfum quand j'étais enfant.

– Ah oui, c'est vrai ça. »

Elle sourit.

« Ça va me rajeunir. »

L'été 2006, Manou a fait une chute dans le parc. Fanny l'a fait remonter à Paris, en ambulance. Elle est entrée dans une maison de retraite, dans le 17e arrondissement.

À l'époque, je préparais un livre sur le métro. Je demandais à des gens (à un aveugle, à un enfant, à mes parents, etc.) de me raconter leurs souvenirs.

Maman : « (…) Je me souviens de l'odeur du métro. Une odeur que je n'arriverais pas à décrire. Quand on est partis en province avec ton père et qu'on revenait pour un week-end ou les vacances à Paris, la première chose que je faisais c'était descendre dans le métro pour sentir l'odeur. C'était une odeur métallique.

— Ce n'est plus la même aujourd'hui ?

— Je ne sais pas. Je ne suis pas descendue dans le métro depuis vingt ans. J'imagine que l'odeur est maintenant plus proche du plastique que du métal. Mais je ne sais pas. Il faudrait demander à quelqu'un qui a connu le métro des années 70 et qui continue de l'emprunter. (…) J'ai arrêté de le prendre quand je suis devenue agoraphobe. J'ai eu ma première crise à trente-cinq ans. À partir de là, j'ai pris le métro le moins possible. Et puis plus du tout, en 1987, quand j'ai eu quarante ans. Depuis, je n'y suis jamais redescendue.

— Tu sais pourquoi tu es devenue agoraphobe ?

— Non.

— Tu te souviens du jour où ça a commencé ?

— Oui, très bien. C'était en 1982. J'allais prendre le métro. On habitait rue Nélaton. Je longeais les quais pour aller au métro Bir-Hakeim. Je faisais ce détour à cause de la vue. Un pigeon m'a foncé dessus. Ça m'a paniquée. À partir de ce jour, j'ai eu le sentiment que je n'étais plus en sécurité dans la rue. Je faisais des malaises. Prendre le métro m'angoissait. (…) Je t'ai raconté beaucoup de choses aujourd'hui. Je vais aller me reposer. »

Papa : « Je me souviens du métro. Juste avant de tomber malade. J'ai entendu un roucoulement de pigeons. Je me suis retourné vers des voyageurs. Ils avaient un panier en osier. Je leur ai dit qu'il fallait qu'ils libèrent les pigeons. Ils ne comprenaient pas ce que je disais. J'ai ensuite vu une colombe blanche. Le toit s'est ouvert. C'était un métro à ciel ouvert. J'en ai parlé à Jean Cayrol, l'éditeur du Seuil à qui j'avais montré mon manuscrit. Il m'a dit qu'il allait en parler dans son prochain roman. Raconter l'histoire de deux petits garçons qui voient le métro, à ciel ouvert. Je ne sais pas. Je ne sais pas s'il l'a fait. »

Je répète cette histoire à maman. « Ton père ne m'a jamais raconté ça. Avant d'être interné à Sainte-Anne, il était effectivement allé dans le métro. Mais il ne m'a jamais dit qu'il y avait vu des pigeons. Ni une colombe. (...) La vérité, c'est qu'il était allé dans le métro pour distribuer des billets de cent francs aux passagers parce qu'il voulait que tout le monde soit heureux. Il avait vidé tout notre compte commun. J'étais furieuse. »

En septembre 2006, maman a décidé d'arrêter ses traitements. Le professeur ne l'a pas contredite ; à la place, elle lui a proposé des hormones : « Ce n'est pas vraiment un traitement ; et ça n'a pas d'effets secondaires. Quitte à tout arrêter, autant essayer. »

À ton avis, que se passe-t-il après la mort ?

« Écoute, moi j'aime bien qu'il y ait plein de versions possibles et les garder toutes ouvertes, donc je n'en exclus aucune. De la pourriture à la grâce. À la renaissance dans les fleurs et les étoiles. »

J'appelle mon père.

« Fais attention Mathieu, il ne faudrait pas qu'il t'arrive la même chose qu'à moi.

– Ne t'inquiète pas.

– Ça se produit tellement vite. On est surmené. Et d'un coup on se retrouve à l'hôpital psychiatrique. Tout le monde te culpabilise. Moi je travaillais beaucoup. Je devais m'occuper de toi qui étais enfant. Je traduisais Lewis Carroll.

– Non mais ça va, je ne suis pas surmené. Je suis juste un peu fatigué.

– Le problème, c'est le stress. Tu es tellement créatif. C'est une forme de stress. Mais je ne voudrais pas t'affoler. Si ça se trouve, tout se passera bien ; tu ne seras pas interné. »

Rêve. Ils attachent la femme sur un lit, les bras en croix. Il y a un couteau. Il faut couper ses veines. Je ne sais pas comment faire. Le médecin a l'habitude.

Rendez-vous au centre antidouleur. Maman s'assoit dans un fauteuil roulant. Je la pousse. Elle râle. Elle croit qu'on lui passe devant. Que je ne la pousse pas assez vite. Elle porte un pull bleu ciel. Ma tante a un pull rose. Une femme nous reçoit. Elle a trois rangées de perles autour du cou. Des bijoux aux doigts. Une voix douce. Elle demande à maman de raconter son histoire. « J'ai eu un cancer du sein, il y a six ans. En 2003, on a découvert des métastases sur les os. J'ai eu six ou sept chimios. Elles n'ont pas marché. Mes marqueurs sont montés à 700. Je n'y crois plus. J'ai décidé d'arrêter. » Maman se retient pour ne pas pleurer. Je n'ose pas la prendre dans mes bras. Je finis par poser une main sur sa nuque. Je lui caresse la peau avec un doigt. La femme propose de la relaxation. Maman dit : « Je n'en veux pas : *"Vos bras sont lourds… Imaginez des petits oiseaux dans les arbres…"* Ça m'énerve ! » La femme rit. Elle explique comment elle pratique la relaxation. Maman s'adoucit. La femme au collier de perles fait le bilan des effets secondaires. De la douleur. Elle dose, elle anticipe, elle explique. Il faut régler la constipation, la morphine, les diarrhées, le poids, la tête. Maman pleure. « On ne veut pas me donner d'antidépresseurs à cause de mon foie. Mais c'est ma tête qui va mal. » Elle prend un mouchoir. La femme demande mon âge. J'ai l'impression que ma voix s'est tapie dans mon ventre. Que j'appelle un ascenseur pour la faire remonter. Elle veut savoir si maman a des petits-enfants. « Non. Pas encore. » On prend un café au soleil. On raconte des histoires. Maman rit.

Mon manuscrit est une pâte à gâteau. Je le malaxe. J'introduis des grumeaux. Je cache des médailles. De la fleur d'oranger.

Depuis que maman a arrêté ses traitements, elle paraît aller mieux. Il y a quelques bémols. Elle veut se séparer de son chien : « On ne s'aime plus autant qu'avant. » Mercredi, elle s'est réveillée avec une douleur à la hanche. Selon les médecins, ce serait une fracture spontanée. Elle fera une radio lundi. Maman me parle de la peau de son cou qui pend.

« C'est génétique. Toutes les femmes de la famille ont ça.
– Et les hommes ? »
Elle rigole.
« Je ne sais pas. »

Quand as-tu vu un mort pour la première fois ?
« Je faisais un stage de basket à Blois. À côté de nous, il y avait des jeunes qui roulaient sur une roue en scooter, sur une route qui était assez longue ; le problème, c'est que sur cette route, il y avait des dos-d'âne, donc ça rendait l'exercice plus spectaculaire. Il y en a un qui a perdu la maîtrise de son scooter. Il a plongé tête la première dans un abribus. Le casque s'est cassé. Et son crâne s'est fendu. (...) »

Maman est énervée. On ne lui a pas livré son cubi de vin blanc. Pour se calmer, elle a ouvert une bouteille de champagne.

« (...) On voyait vraiment son crâne, ouvert à l'intérieur, et tout ça, et il est mort sur le coup quoi. On a vu les pompiers arriver... Et ce qui est très étonnant, on a très vite compris qu'il était mort, sans même tester ni voir. Il y a un truc, on a tous eu ce sentiment très bizarre, comme ça de se dire : "Bah oui, mais il est mort." (...) Et ce qui était très bizarre aussi (c'est ce qui m'a peut-être le plus choqué), c'est qu'il y avait un des jeunes qui semblait s'en foutre complètement. Très clairement on voyait qu'il n'avait pas réalisé : au bout d'un moment, il a refait un tour de scooter sur une roue... »

Maman me montre ses ongles. Ses ongles de main et ses ongles de pied. Elle me dit qu'un de ses petits ongles de pied s'est détaché d'un coup. Elle me dit : « Ce n'est pas beau à voir. »

Papa : « (...) En ce moment, je ne peux pas m'arrêter de travailler. J'essaie de me reposer en faisant autre chose. Je fais du russe pour me reposer du tibétain, puis du tibétain pour me reposer du russe. Je me force à ne faire qu'un tiers de la leçon. Pour 2007, je me suis dit : "Je vais apprendre à faire la cuisine'', Jariza est mon Maître. En ce moment, je travaille sur les salades, je fais aussi un peu de chaud... »

On passe les fêtes de fin d'année à Biarritz, chez des cousins éloignés. Maman parle de sa maladie, de l'arrêt des traitements, de ses sœurs « qui ont été formidables ». « Et Mathieu, il vient souvent te voir ? » « Mathieu ? Non, il me consacre une demi-heure toutes les trois semaines », un coup de poignard qui me donne envie de pleurer ; je pense à cette chanson de Clarika, *Je t'aimais mieux quand t'étais mort.*

En janvier 2007, Manou est décédée. Les obsèques ont eu lieu à Saint-Rémy, en présence du père Arnaud Y. Maman, au premier rang, avait repris des forces.

Parfois, je m'interroge sur l'absurdité de mon lien à l'écriture, un rapport addictif qui dépasse le plaisir.

Zoé raconte qu'elle avait quatorze ans pour sa première cuite. C'était dans leur maison de campagne à Gainville. Elle était avec maman. Elles avaient bu une bouteille de whisky. Zoé me dit : « J'ai été tellement malade que depuis je n'ai jamais pu retoucher à une goutte de whisky. Même l'odeur me dégoûte. »

En 2010, j'ai revu le père Arnaud Y (pour le baptême de mon filleul). Pendant le déjeuner, j'ai pris des notes sur ce qu'il me disait.

Écrire, c'est faire de la chirurgie à l'instinct.

« J'ai toujours voulu être prêtre. Même enfant. (...) Je m'en souviens très bien ; c'était en septembre 73. J'avais sept ans et demi. L'âge de raison. Depuis, cette envie ne m'a jamais lâché. Même si, bien sûr, elle a parfois coexisté avec d'autres envies. »

Maman reparle de papa qui voulait nous tuer : « Parfois, son voisin me prévenait : "Dépêche-toi. Il a pris la voiture pour monter à Paris." Je quittais le boulot sur-le-champ. On pouvait me parler de n'importe quelle urgence, je m'en foutais. Je vous sortais de la classe. J'étais stricte. »

Père Arnaud Y : « Adolescent, j'ai vécu à New York. J'ai fait une prépa littéraire, puis des études de philo et une thèse de théologie. »

J'appelle papa. Il est en train d'acheter un nouvel ordinateur. Il ne peut plus se servir de l'ancien parce que son voisin lui aurait volé son mot de passe.

En 2007, j'ai eu l'idée d'un nouveau livre (*La Conversation*), qui commençait par cette phrase : « J'ai proposé à mes deux parents, qui ne se sont pas revus depuis vingt ans, de leur poser des questions communes ; ils ont tous les deux accepté le principe. »

Te souviens-tu du jour de ta naissance ?

Papa : « Oui. Enfin… Je me souviens du moment juste avant. Avant de sortir du ventre. On peut en penser ce qu'on veut, mais moi je suis sûr que je m'en souviens. J'étais dans une espèce de chose noire, comme si j'étais dans un cercle et que j'allais d'un bout à l'autre de la circonférence. Au fur et à mesure, le cercle s'agrandissait. C'était à la fois angoissant et très fort. (…) »

Maman : « Papa est entré dans la chambre. Mamée lui a dit : "C'est une fille." Il est reparti avec les roses et le champagne. Tante Louise était dans la chambre. Pour consoler maman, elle lui a dit : "Elle est tellement petite qu'elle ne survivra peut-être pas." (…) »

Ce n'est pas parce que je montre mon sexe, mon cou, mes bras, mes mains, que mon livre est impudique. Car il y a un voile entre l'écriture et mon corps. Avec des spots, pointés sur les extraits.

Quand as-tu fait l'amour pour la première fois ?

Maman : « (…) Je ne sais pas. Petite, je faisais souvent des otites. On m'envoyait faire des cures. À quinze ans, j'étais partie à Alvare en faire une. J'avais copiné avec le fils du boucher, ou du boulanger, je ne sais plus. La cure durait trois semaines. Le matin, on avait des soins. L'après-midi, on flirtait. Je me souviens d'un jour où le flirt est allé plus loin. On était allongés dans un pré. Je suis incapable de savoir s'il m'a pénétrée ou non. Pendant cette cure, j'étais tombée amoureuse d'un homme marié. Un type qui avait entre vingt-cinq et trente ans. Il faisait des rallyes automobiles. Il m'aimait bien, mais c'était amical. (…) Si ce garçon d'Alvare ne m'a pas pénétrée, la première fois, j'avais dix-sept ans. C'était avec Y. Grospiron. Son père avait une entreprise de déménagement. Sur ses mains, il avait tout le temps des verrues qu'il se faisait brûler. Maman le plaignait. La première fois qu'on a fait l'amour, c'était dans une petite chambre, qui est devenue une salle de bains. Ça ne m'a pas fait mal. Il faut dire qu'à l'époque on faisait beaucoup d'équitation. »

Papa : « (…) C'était avec une petite Lapone. Elle baisait avec tous les mecs. J'habitais à Brighton. J'avais dix-neuf ans. J'avais besoin de me libérer. Elle s'appelait Ulla, comme le site de cul. C'est la seule fois de ma vie où j'ai été avec une femme petite. Son père était communiste. Il vivait avec elle. Il n'aimait pas qu'elle ait de relations sérieuses avec un garçon. Il lui disait qu'il fallait qu'elle se paye des mecs. (...) J'avais fait l'amour comme un lapin, ou comme une souris, je me sentais très fier. J'ai appelé un taxi. Je voulais collectionner les femmes. (...) »

Dans le métro. J'enlève les paragraphes comme des osselets, et je les distribue.

Te souviens-tu de la première fois où vous avez fait l'amour ?
Maman : « On se connaissait depuis cinq mois. Le jour de la fête des mères, on s'est embrassés. Zoé nous a prêté un studio qu'elle avait rue de Liège. C'était un immeuble de papa. Les voisins se plaignaient parce qu'elle n'avait pas de rideaux. Elle se baladait tout le temps à poil. Avec ton père, on a punaisé nos jeans à la fenêtre. Ça a fait un scandale. »
Papa : « Ça ne me gêne pas d'en parler. Je ne suis pas pudique. (...) C'est quelque chose de très beau. Il y a tout un roman (...). Ce qu'on endure avant (...). C'était dans un appartement. Peut-être celui de Zoé. Il y avait une très grande fenêtre. On y avait accroché nos pantalons pour se cacher. (...) »

Maman a déjeuné avec un de mes cousins ; il lui a donné l'adresse de mon blog.

Maman : « Je suis allée sur ton site pour penser à autre chose. C'est la première fois que j'allais sur un blog. Je suis restée quatre heures. » Elle me parle de mélancolie et de douceur. Je passe par toutes les couleurs. Elle me dit :
« Non. Rien ne m'a choquée.
– Je parle de ton intimité. De celle de papa.
– Non, ce n'est pas notre intimité. C'est la vérité brute. »

As-tu déjà essayé de te suicider ?
Maman : « Oui. Une fois. J'habitais rue de l'Annonciation avec ma sœur Zoé. Elle était partie pour le week-end. Je me suis réveillée. J'avais mal aux dents. J'ai pris un calmant. Ça ne passait pas. J'en ai pris un second. J'écoutais Barbara. J'ai entendu *Le Mal de vivre*. Ça m'a pris d'un coup. J'ai ingurgité tous les médicaments que je trouvais. J'ai pris tous les suppositoires. J'ai même mis les gouttes pour le nez. Je suis tombée dans le coma. Zoé avait oublié quelque chose dans l'appartement. Elle m'a trouvé inanimée. Elle a appelé le SAMU. Dad ne voulait pas que ça se sache. Il a fait courir le bruit que je m'étais intoxiquée avec une boîte d'épinards. Je suis restée trois jours dans le coma. Une semaine à l'hosto. On m'a fait des tests. J'ai vu des psys. J'ai eu des électroencéphalogrammes. Quand

j'ai ouvert l'œil, il faisait beau. Il y avait une petite terrasse fleurie, j'ai pensé : "C'est ça, le paradis", ça m'allait bien. J'ai mis un petit moment à réaliser. Avant de
me dire : "Je suis sur terre." J'ai pensé : "Soit tu le refais
tout de suite, soit tu ne le refais jamais." Je ne voulais
pas que ça devienne un jeu. Dans ma chambre, il y avait
une fille qui, lorsqu'on lui a mis une perfusion, a crié :
"Non ! Ça fait grossir." »

Papa : « La plus sérieuse de mes tentatives de suicide,
c'est quand j'étais avec Halissa. Elle était enceinte de moi.
Ça devait être une fille. Elle était enceinte de quatre/cinq
mois. Je travaillais à l'école. J'étais très fatigué. Je m'oc-
cupais de ses mômes. Ils étaient cinq. J'avais besoin de
repos. Pendant sa grossesse, elle vomissait toute la nuit.
J'étais épuisé. Je ne pouvais pas dormir. J'ai fini par lui
dire : "Va te faire avorter." J'avais acheté une belle voiture sous son influence. Un jour, elle est partie. La voiture
n'était plus là. C'est donc qu'elle était partie. J'étais tellement malheureux. J'ai cherché une solution. Il n'y avait
pas de solution. J'avais une habitude un peu malsaine
depuis longtemps. Chercher une cravate (ta mère avait
voulu que je mette une cravate pour le mariage de Zoé) et
un endroit pour me pendre. Dans les constructions nouvelles, il y a un morceau de fer qui sort du mur dans les
salles de bains. J'ai vérifié. Je ne touchais pas la baignoire
des pieds. J'ai fait le nœud. Au moment où j'ai mis la cravate autour de mon cou, j'ai pensé : "Peut-être qu'elle n'est
pas partie, mais allée avorter." J'ai arrêté mon geste. Je suis
allé écrire le deuxième chapitre de mon roman *Manco* ; je

parle de ma naissance. C'est très mal écrit. Puis, j'ai télé-phoné aux hôpitaux. D'hôpital en hôpital. À Beaujon (où je me fais soigner pour mes problèmes respiratoires) on m'a confirmé qu'Halissa se faisait avorter. (...) »

L'écriture ressemble à une poupée qui se gonfle. Sou-dain, des formes apparaissent, une cohérence se met en place. C'est comme de l'oxygène qui entre dans le corps.

Père Arnaud Y : « J'ai donné l'extrême-onction à votre grand-mère... Une de vos tantes était venue me voir. Mes souvenirs ne sont pas très précis. Je me souviens de cette chambre, de cette clinique du 17e arrondissement. Les sept enfants étaient autour de votre grand-mère. Il y avait votre mère bien sûr. C'était un moment d'émo-tion et de paix. »

La mort d'un proche a-t-elle été pour toi un choc ?
« Oui. La sœur de ma grand-mère, qui était assistante sociale et qui travaillait beaucoup en partenariat avec un curé. Je ne devais pas être très vieille, ça devait être avant mes quinze ans. Treize ans. Un truc comme ça. En fait, elle a explosé dans une église à cause d'une fuite de gaz, avec ce curé-là. »

Père Arnaud Y : « La première fois que j'ai enterré un homme, il ne connaissait personne. L'église était vide. N'étaient venus que sa concierge et son médecin. (...) On célèbre les enterrements avec la même solennité que l'église soit vide ou qu'elle soit pleine. (...) J'avais été très touché par le fils d'une concierge. Il voulait une cérémonie très simple pour sa mère. Sa seule exigence était qu'il voulait entendre les cloches sonner. »

Déjeuner avec maman. Elle se met à pleurer. Elle ne veut pas qu'on la voie. « On me dit que des six filles, j'étais la plus belle. Pourquoi on a attendu que j'aie cinquante ans pour me le dire ? Je me serais peut-être maquillée. J'aurais peut-être fait attention à moi. Pour exister, j'avais besoin d'être hors norme. Je faisais honte. »

Papa : « En 1970, j'étais passé à l'émission *Insolite Express* sur France Inter. (...) J'étais très persuasif. Un jour, place du Tertre, j'étais en position du lotus. (...) Un policier était venu et m'avait demandé mes papiers, je ne les avais pas, un Colombien lui avait dit de faire attention, que j'avais des pouvoirs, j'avais dit : "Je vais mettre mes chaussures", ça lui avait foutu la trouille. Il avait reculé. »

31 décembre 2007. Minuit trente. J'appelle maman. J'ai bu du champagne. Elle me dit :

« Tu sais ce qui me ferait plaisir pour cette nouvelle année ?

– Non.

– J'aimerais que tu réussisses le Concours de la Conférence *[un concours d'éloquence que j'ai raté plusieurs fois]*.

– On verra…

– Et toi, que voudrais-tu ?

– Publier un roman…

– Non… Je veux dire, pour moi… »

J'ai bu un peu de champagne. Je flotte. Je ne sais pas quoi répondre. Les secondes filent.

« J'aimerais que tu aies un projet. Par exemple que tu aides des enfants en difficulté, comme tu avais voulu le faire, il y a quelques années. »

Maman a la voix qui tremble.

« Moi aussi… j'aimerais… Le problème, c'est la santé…

– Je sais.

– Putain ! Mathieu. Je suis déçue par ta connerie. Tu sais que dans vingt-deux jours je dois peut-être reprendre une chimio. J'ai les boules. J'aimerais que tu sois enfin sincère. Que tu oses parler de… Que tu arrêtes tes conneries. »

Ça dure entre cinq et dix minutes. Je lui dis : « Je comprends. » Elle répète en boucle : « Putain, ce que je suis déçue par toi. » J'encaisse. Je m'enfonce.

Papa, hier, m'envoie un e-mail : « Bonjour Mathieu, je cherche désespérément à recevoir des e-mails, mais je n'obtiens que des bêtises. STP réponds-moi, même brièvement. »

Quelques jours plus tard, maman et moi nous sommes rappelés. Je lui en voulais. J'étais terrorisé à l'idée qu'elle meure en étant fâchée contre moi.

Contrairement à ce qu'elle craignait, elle n'a pas recommencé une chimio, le 22 janvier 2008. Ses résultats étaient stables.

Maman : « J'ai vu une émission de télé ; une femme racontait qu'elle avait honte quand on la voyait mastiquer. Je me suis rendu compte que moi aussi. Parce que je n'ai plus de dents. Je me sens tellement laide en train de mastiquer, sans pouvoir avaler. C'est de l'ordre de l'intime. Un jour où Fanny était là, j'avais vachement faim ; j'ai attendu qu'elle parte. Elle n'était pas sur le trottoir que je me faisais un steak. »

Papa : « Je t'ai parlé du premier roman que j'ai écrit ? J'avais douze ans. Ça racontait une histoire de fourmis. Je vais te l'envoyer. Tu pourras en faire ce que tu veux. Le jeter ou le lire. »

Trois ans plus tôt, papa m'avait offert toutes les lettres qu'il avait reçues depuis l'enfance et certains de ses manuscrits. Je voulais écrire un livre, *Barbe rose*, sur cette « rencontre » avec mon père, par les mots. Je n'ai pas réussi. Cette expérience littéraire, sur laquelle j'ai travaillé plusieurs fois, a pour l'instant toujours été entravée. La première fois, elle m'a conduit chez un psychiatre.

Docteur Christine Y (*responsable de l'unité de soins palliatifs de l'hôpital Mitterrand*) : « Jeune, je ne connaissais pas ta mère. Mais j'avais entendu parler d'elle par Y, mon ex-mari, qui était un de ses amis d'enfance. Quand nous avons emménagé dans la maison de Vanves, dans les années 70, tes grands-parents venaient d'acheter leur appartement, place du Panthéon. Ils faisaient des travaux, ils abattaient des murs. Et ils avaient dû se séparer de trois grands miroirs. Y et moi les avons récupérés. On les a gardés pendant trente ans. Puis nous nous sommes séparés. J'ai acheté cet appartement (mon premier vrai chez-moi), je n'avais pas la place de garder les trois miroirs. Je n'en ai gardé qu'un, qui est dans ma chambre. Quand ta mère a eu un cancer du sein, elle a appelé mon ex-mari. Il m'en a parlé. J'ai fait des démarches pour que ta mère soit suivie à l'hôpital Mitterrand. C'est comme ça, en 2000 ou 2001, que j'ai commencé à la fréquenter. On avait des rapports particuliers. Elle n'était pas tout à fait une patiente, pas tout à fait une amie, pas tout à fait une intime. Elle avait un statut particulier. Tout au cours de sa maladie, on s'est vues, on s'est appelées. Je crois que je permettais à ta mère de se poser des questions. De les poser aux médecins avec moins de violence. »

Un jour, maman m'a dit : « Tu peux écrire que je suis une pute, une alcoolique, une mauvaise mère. La seule chose que je t'interdis, c'est de ne pas t'inspirer de moi. »

Je rêve d'un trafic de dents. Plus exactement d'un trafic de *racines* de dents. Dans mon rêve, ça s'appelle des « pieds de poule ». De faux dentistes font des soins approximatifs. Ils en profitent pour glisser un grain de sucre entre deux dents qu'ils scindent. Le grain de sucre cause une carie qui atteint l'ensemble des dents. Les faux dentistes réinterviennent alors pour les déscinder. Ils en extraient les racines, les « pieds de poule », pour les revendre sur un circuit parallèle.

L'été 2008, j'ai terminé l'écriture des *Carnets blancs* (un livre sur la disparition de mes journaux intimes).

Je n'ai jamais su si les hormones avaient effectivement eu un effet positif sur la santé de maman. Ou si c'est simplement l'arrêt des traitements qui l'a maintenue en vie, pendant presque deux ans.

Père Arnaud Y : « L'incinération a été longtemps interdite par l'Église. Elle était perçue comme un refus de la résurrection de la chair. Puis l'Église a découvert que cette pratique avait lieu en Extrême-Orient, pour des raisons d'hygiène notamment. Depuis, elle a modifié sa position. L'incinération ne pose plus de problème dès lors que ce n'est pas un acte de protestation contre la résurrection de la chair. »

Août 2008. Un soir, maman m'a appelé. Il était minuit passé. Elle avait manifestement bu. Elle devait reprendre une chimio quatre jours plus tard. Elle était en colère. Elle m'a parlé d'une affaire qui l'opposait à un peintre, qui avait fait des travaux dans son appartement. Elle l'avait payé au black, et elle réclamait après coup des factures (« Ça me défoule »). Elle voulait maintenant que je l'assigne.

« On en parlera demain.

– Non ! Tout de suite ! »

Avec du recul, je pense qu'elle voulait détruire quelque chose en moi. Ou mettre de la distance, pour couper le cordon ombilical. Elle m'a insulté, elle m'a raccroché au nez. Elle m'a fait savoir, par ses sœurs, qu'il m'était interdit de l'appeler. Pendant trois mois, je n'ai pas eu de nouvelles d'elle, du moins pas par téléphone, car elle avait toléré, à doses homéopathiques, que nous puissions nous adresser des e-mails.

En septembre 2008, j'ai envoyé par la poste *Les Carnets blancs* à des maisons d'édition. Deux jours plus tard, celui qui deviendra mon éditeur m'a contacté.

Je suis sorti du Seuil. Il pleuvait. Je pensais à ma mère. J'aurais voulu l'appeler ; elle l'avait interdit. Dans la nuit, je lui ai écrit, auréolé d'un bonheur décadent. Elle m'a répondu : « Je n'ai aucun plaisir que tu publies. Tu es passé de l'être au paraître. »

Mes tantes me raconteront que cette chimio, à la fin de l'été 2008, s'est mal passée, et que maman a été obligée, quelques semaines plus tard, de l'arrêter définitivement.

C'est à ce moment-là que le docteur Jean Gurwann (spécialisé, comme Christine Y, en soins palliatifs) est intervenu dans la vie de maman.

Père Arnaud Y : « Mes propres obsèques ? Je n'ai jamais beaucoup réfléchi à la question. Ça m'a traversé l'esprit bien sûr. (…) Je ne voudrais pas de liturgies trop bavardes, de témoignages à n'en plus finir. »

En novembre 2008, j'ai participé à la finale du concours d'éloquence. Ce soir-là, maman avait demandé à un de mes cousins de venir m'écouter et de lui faire un rapport ; il était enthousiaste. Maman m'a appelé le soir même, à minuit. Je ne l'avais pas eue au téléphone depuis trois mois. Quand elle a appelé, j'étais dans un restaurant, Le Père Fouettard. Je suis sorti dans la rue. Maman avait une voix douce ; elle était fière. J'avais envie de pleurer. « Je veux que tu restes avocat. Je ne veux pas que tu abandonnes ton métier pour devenir écrivain. »

Maman et moi nous sommes revus. Elle a eu des mots durs. Elle ne voulait pas que je lui parle de mon éditeur, de mon *livre* (elle prononçait le mot *livre* comme si c'était un gros mot).
   « En tout cas, je t'interdis de me dédicacer ton livre.
   – Il n'en a jamais été question.

– Je veux que tu le dédies à ton père.

– Ce n'est pas non plus prévu. »

Maman m'a regardé, sincèrement étonnée :

« C'est grâce à moi que tu es avocat. Et c'est grâce à ton père que tu écris.

– Non.

– Mais putain ! Tu ne te rends pas compte à quel point ton père m'a fait chier avec son écriture ! Avec son obsession du *On*... »

Docteur Christine Y : « En décembre 2008, Fanny m'a appelée. Elle m'a expliqué qu'il n'y avait plus de traitement possible... Elle voulait que j'appelle Pascale, sans lui dire que j'avais eu sa sœur au téléphone, avant. (...) J'ai toujours eu un problème avec le secret. J'ai appelé ta mère. À la fin de la conversation, je lui ai dit que j'*allais* appeler Fanny ; le mensonge devenait ainsi *chronologique*, ce qui me paraissait moins grave. »

Maman : « Mon cerveau est un fromage blanc. »

En janvier 2009, Fanny, Claire et moi sommes allés prendre un café chez Christine : « 2009 sera probablement sa dernière année. » Je prends la parole : « Parfois j'ai l'impression que maman sait qu'elle va mourir. Parfois, au contraire, elle paraît faire des projets à long terme. Je crois que ça me perturbe. » Christine se retourne vers Fanny :

« Quel âge as-tu ?

– Soixante-deux ans.

– Tu sais que tu as soixante-deux ans mais est-ce que tu y crois ?... Pascale, c'est pareil. Elle sait qu'elle va mourir, mais elle n'y croit pas. »

Que faudra-t-il faire de ton corps après ta mort ?

« J'ai pas de fantasme, du type me faire embaumer, ou quoi que ce soit. Je n'ai eu aucune célébration de mon corps durant mon vivant. Donc je ne vois pas pourquoi j'en aurais une après ma mort. »

Père Arnaud Y : « Il y a un clochard, cette année, qui est mort. Il venait à la messe depuis vingt ans. Il était très apprécié par les paroissiens. C'était un vrai clochard. Assez souvent saoul, mais malin. Il est mort un lundi de Pâques. Près de la chapelle des Saints. (...) À l'endroit où son corps a été retrouvé, les gens déposaient des fleurs. Certains voulaient qu'il ait une messe d'enterrement, mais personne ne connaissait son nom, on savait juste qu'il s'appelait Y. On a commencé à faire une enquête. À fouiller dans les poubelles. Dans l'une, on a retrouvé une lettre qui lui appartenait. Une lettre administrative, avec son nom. On a téléphoné. De fil en aiguille, on a retrouvé sa mère. Elle n'avait pas vu son fils depuis huit ans. L'église était comble pour ses obsèques. Sa mère, qui pensait être venue pour y subir l'ultime humiliation imposée par son fils, s'est retrouvée au milieu d'une foule élégante. Des militaires. Des bourgeoises sur leur trente et un. Qui étaient venus, tous, pour faire un triomphe à son fils. »

Mars 2009. Jour de grève. L'hôpital est presque désert. Ma tante Claire m'attend devant les ascenseurs. « Ta mère est en pleine forme. » Elle est pour la grève : elle veut que les patrons abandonnent leurs privilèges : « Je veux que cesse l'indécence. » Le docteur Jean Gurwann ouvre la porte. « Alors grève ou pas grève ? » Il lève le poing pour la faire rire. Il est jeune, rieur, une coupe de cheveux rock'n'roll. « Je ne me suis pas rasé. » Devant lui, les résultats de maman. La maladie a progressé. Le docteur Jean Gurwann place ses deux paumes vers le ciel. « C'est un choix difficile. Si on ne fait rien, la maladie va continuer de progresser. Et, à un moment, elle sera plus forte que nous tous. » Il trouve que maman va mieux par rapport à il y a quinze jours ; faire une chimio ce serait tout remettre en cause. « Il est urgent d'attendre », conclut maman. « Pour l'instant, on ne fait rien. Et on se revoit dans quinze jours. Qu'est-ce que vous en pensez ? » Il tourne son visage vers moi, puis très vite vers mes tantes. Il a compris que je ne pourrai pas parler. Un nid d'abeilles grignote l'espace de mon cou. Il évoque l'hospitalisation. Maman refuse. Une aide à domicile ? Non. Elle ne veut pas de contraintes. Elle aura un bip autour du cou. À la moindre hémorragie, il faut appeler le 15. Mes tantes et moi ferons un relais pour qu'elle ait une visite tous les jours. « Dans quinze jours, on fera un point. » Maman me souffle : « Peut-être que mes plaquettes seront alors remontées. » Le docteur Gurwann fait semblant de ne pas entendre. Maman est dans un fauteuil roulant. Il embrasse maman sur le crâne avec une affection qui me bouleverse. Il prend Fanny dans ses bras. Claire est un peu plus mondaine. Il lui sert la main, presque à regret. J'arrive à dire merci en souriant. Maman veut sortir vite. Pour fumer une cigarette. Elle a compris. Mais elle a confiance. « Il sait ce qu'il fait. »

Au début des années 80, maman avait acheté une cassette de Bashung sur l'autoroute. Elle raconte qu'avec Quentin, on s'était moqué d'elle.

À ton avis, que se passe-t-il après la mort ?
« Rien. Je pense qu'il ne se passe rien. De toute façon, j'ai du mal à croire que je suis une personne, un individu ; je pense que je suis une fonction. En tant que fonction, il y a des choses que je saisis, que je produis. Quand mon corps disparaîtra, ces fonctions existeront toujours. »

Le 14 mars 2009, Bashung est mort. Maman m'a dit : « Tu te rends compte ? Il avait le même âge que moi. »

Il était devenu célèbre, en 1980, grâce à sa chanson *Gaby*.

Papa est à Paris ; on prend un apéritif chez un de ses cousins. Je ne veux pas rester dîner. Le lendemain, papa m'appelle. Il est affolé. Un livre d'Artaud aurait été volé. Papa me dit :

« On a envisagé toutes les hypothèses. J'ai dit à mon cousin que je ne pensais pas que ça pouvait être toi ni ton frère. J'ai toute confiance en votre éthique. Il n'y a qu'une seule fois où tu as manqué d'éthique. Je t'avais retrouvé en train de fouiller dans mes affaires. Tu cherchais le jugement de divorce.

– J'avais dix ans.

– Oui. J'ai mis des années avant de te pardonner. Le bouddhisme m'aide à prendre du recul. Mais j'ai dit à mon cousin que je ne pensais pas que ça pouvait être toi. »

Maman : « Hier, je n'ai réussi à vider que la moitié du lave-vaisselle. Je faisais de la tachycardie. J'ai dû me reposer pendant une demi-heure. La voisine a sonné. Il y avait un dégât des eaux. Je lui ai dit : "Je m'en fous. Je suis condamnée par la médecine.

– Je peux faire quelque chose pour vous ?

– Non !" »

103

La moelle osseuse de maman ne fabrique plus de globules rouges. Régulièrement, elle a droit à une transfusion de sang qui la requinque. En parallèle, ses plaquettes, qui servent à coaguler le sang – et qui ont une durée de vie de quarante-huit heures – dégringolent.

Rendez-vous à l'hôpital Mitterrand. Maman évoque ce nazi, dont on a parlé aux infos, qui hurlait sur son lit d'hôpital.

« Lui a un cancer de la moelle épinière. Ce n'est pas votre cas : vous, vous avez un problème à la moelle osseuse. Les gens confondent souvent les deux. Vous, c'est comme dans le pot-au-feu.

– Je suis en colère. Mes globules rouges dégringolent. Pourtant je suis sage, je fais exprès de bien manger.

– C'est normal. Votre alimentation ne peut pas améliorer votre moelle osseuse.

– Mais alors qu'est-ce que je peux faire ?

– Rien. »

Maman fait une grimace.

« Très bien. Je ne mangerai plus de boudin ni d'épinards. »

Maman part dans les vapes. Elle s'accroche à mon bras.

104

L'art peut-il t'aider à faire un deuil ?

« Je ne sais pas. Récemment, j'ai vu un danseur américain qui avait conçu un spectacle après la mort de son père. C'était très émouvant. (…) Il avait une façon de se jeter par terre. Quelque chose d'assez violent ; et de très contrôlé. »

Elle me montre ses examens neurologiques. Elle est fière parce qu'il est écrit : « Arrêt intoxication alcoolique ».

Maman me raconte sa première cuite, le jour du BEPC. « J'étais avec mon amie Maéva, qui habitait avenue Foch. En allant à l'examen, on s'est arrêtées chez Stella, parce qu'il y avait des tartes aux fraises. On a commandé du vin. On n'est jamais allées à l'examen. On est rentrées bourrées chez les parents. »

Elle est en forme. Hier, elle s'est plainte de douleurs au ventre. Ça part de l'aine. Elle n'a pas vu de gynéco depuis six ans. Le docteur Gurwann l'ausculte. « Il n'y a pas de problème gynéco. En revanche, il y a un risque de fractures spontanées. » Dans les couloirs, maman me dit : « Ça va. Il n'a pas été trop intrusif. »

105

Quand as-tu vu ta mère pour la dernière fois ?

« J'avais quatre ans. Une parente m'a accompagné pour lui dire au revoir. Son cercueil était dans l'arrière-salle de la boulangerie que possédait mon père. Je n'ai pas osé ouvrir les yeux. »

En parlant d'un bébé qu'elle trouve trop gros, maman me dit :

« Moi, j'aime les petits bébés, les bébés pas gros. Quentin et toi, vous étiez tous les deux des petits bébés.

– Comment tu faisais pour qu'on ne soit pas gros ? »

Maman fait le signe de fumer : « Je clopais. Ça rend les bébés plus petits... Je m'en foutais, moi je préférais. »

Cette nuit, je fais un rêve. Elle est nue ; il y a deux trous béants sur son corps : un sur le flan droit, l'autre sur la cuisse gauche, deux cratères de dix centimètres de diamètre, très noirs. Elle aperçoit celui sur sa cuisse, elle dit : « Ça, je n'en veux pas, je vais demander qu'on me coupe la jambe. »

Maman a peur de la douleur. Depuis quelques années, pour ne jamais manquer de morphine, elle en met tous les mois quelques grammes de côté, juste au cas où. Hier, elle a eu une angoisse ; elle s'est mis dans la tête que la police allait perquisitionner son appartement et lui confisquer sa morphine. « J'ai tout caché dans la voiture. »

Père Arnaud Y : « Souvent, on a une image restrictive de "l'extrême-onction" ; on pense qu'elle n'intervient qu'à la fin. Si bien que nous sommes vus comme des anges de la mort. C'est tellement vrai qu'il nous est arrivé de donner l'extrême-onction à des personnes qui étaient déjà mortes. »

Je déjeune avec Olivier Y. On parle de nos livres, de notre rapport saccadé à l'écriture.

« C'est dommage que tu ne saches pas conduire... Ça fait quatre jours que je suis cloîtrée chez moi... Il fait beau... On aurait pu boire un verre dehors.
– Si tu veux, je peux essayer de prendre la voiture de Baptiste.
– Non. Je ne mettrai pas ma vie entre tes mains, même si elle ne vaut pas grand-chose. »

Finalement, je vais la chercher en taxi. Je la vois, les cheveux hirsutes, qui attend à la fenêtre de la cuisine. Elle descend toute seule. Est plutôt énergique. Le taxi nous conduit trois cents mètres plus loin, au café en face de la mairie. Je lui demande si elle a peur de partir. « Non. Je crois en la réincarnation. Je renaîtrai en petit chien ou en arbre. La seule chose que j'espère, c'est qu'on me laissera un peu de temps pour me reposer. » « Que je meure dans quinze jours ou dans six mois, ça vous fera autant de peine. À moins de tous vous trucider, je ne vois pas comment vous empêcher d'être tristes. » « Mardi, je dois faire une prise de sang. S'ils me demandent de faire une nouvelle transfusion, je crois que je leur dirai non. » « La maladie m'obsède. Tant qu'il y avait des traitements, je n'y pensais pas. J'avais l'impression que ce n'était pas moi. J'étais dans le déni. Maintenant je suis dedans. » J'appelle un taxi. Il n'est pas très chaleureux. Il nous ramène chez maman. Je monte avec elle. J'aurais pu continuer en taxi. Mais j'ai conscience qu'il se passe quelque chose d'important. Je n'ai pas envie que ça s'arrête. J'ai tout mon temps. On écoute un CD de Graeme Allwright. J'ai peur de pleurer. Je me dis que ce serait injuste de pleurer maintenant. Je vais aux toilettes :

« Je vais toujours faire pipi.

– Tu as toujours fait ça. Petit déjà… Tu as toujours deux trous ?

– Où ? »

J'ai deux trous au niveau du sexe.

Elle me parle de Quentin : « Je crois qu'il ne réalise pas. Ça sera dur pour lui. » « Mes goûts ont changé. Je n'aime plus le café. Plus les maquereaux. Je ne mange plus que des glaces. Des choses sucrées. Tu verrais mes pyjamas. Ils sont tachés de partout. Je mange dans le lit. Devant la télé. J'en fous partout. » Elle rit comme une gamine. Elle me donne le numéro de téléphone de trois personnes à prévenir quand elle ne sera plus là : Jean Y, Michel Y et Alix Y.

Elle va mieux. « Tu sais, sans traitement, rien ne peut changer. Il n'y a pas une fée qui va m'enlever mes petits crabes. »

Maman a téléphoné à mon frère. Elle me dit :
« Il n'a pas compris. Il ne m'a pas demandé comment j'allais.
– Tu veux que je l'appelle ?
– Oui. Pour que l'atterrissage soit moins dur.
– Et toi ? Tu voudrais le voir ? En ce moment, tu es bien. Hier, par exemple, c'était un moment agréable.
– Oui. Mais non. Je n'ai pas la même intimité avec ton frère. »

J'appelle Quentin.

« Pour moi, me dit-il, maman est immortelle. C'est comme Berlin. Je n'ai jamais réalisé.

– Berlin ?

– Non. Perlin. Notre chat qui est mort quand j'avais cinq ans. Toi tu as besoin de rites. Moi, je gérerai ça après. Je vais commander mes billets de train pour venir dans deux mois. De toute façon, je voulais le faire.

– On aura peut-être une bonne nouvelle, mardi. Les résultats de la prise de sang de maman ne seront peut-être pas si mauvais.

– C'est typiquement une attitude égoïste qui part d'une bonne intention, moi je comprends que maman ait besoin de partir. »

Maman a vu Claire : « Je lui ai dit que je ne voulais plus de transfusion. Elle a fondu en larmes. Elle avait un parfum un peu envoûtant. J'avais peur de lui vomir dessus. Je ne savais plus comment la repousser. Elle m'a remerciée. Chez les enfants, ça va très vite, deux/trois semaines. J'ai hâte que ça finisse. J'espère être partie à la fin du mois. »

Maman me raconte qu'il y a longtemps, elle avait vomi et était partie aux urgences. Quand elle était revenue, une semaine plus tard, tout l'appartement empestait. Quentin, qui habitait encore avec elle, lui avait dit : « Bah oui, t'as vomi partout. »

Cet après-midi, j'ai acheté tous les albums d'Anne Sylvestre. J'avais imaginé qu'on les écouterait ensemble. Qu'on dépasserait, que je dépasserais, une certaine forme de pudeur, que je prendrais maman dans mes bras, même si immanquablement, je savais que ce geste m'aurait fait pleurer. Quand je suis arrivé, maman avait mal. Régulièrement, elle poussait un petit cri, un cri qui n'en était pas un, plutôt une pierre qu'elle laissait échapper dans son ventre, et qui faisait du bruit avec sa bouche ; je voyais son corps se tendre comme s'il n'était qu'un seul nerf ; la morphine n'arrivait pas à calmer sa douleur ; je voulais la faire rire ; elle ne m'écoutait pas. Elle a dit : « J'aimerais être enterrée au Père-Lachaise. Dans le caveau, avec les parents. C'est plus simple. Je veux être incinérée. Et puis tu seras à côté de moi. Tu pourras venir me voir. » Au début, je n'ai pas compris de quoi elle parlait, pas compris que j'habite à Gambetta, près du Père-Lachaise. De temps en temps je pense à l'après. À la messe. À la douleur. Aux discours. Mais je n'avais jamais pensé au cimetière. À aller sur la tombe de ma mère.

Père Arnaud Y : « Le sens de l'extrême-onction, c'est de donner de la force à celui qui est malade. »

111

Maman prend la parole : « Je vous ai parlé de ma décision ? » Le docteur Gurwann l'écoute attentivement.

« Si vous arrêtez les transfusions, ça peut aller plus vite.

– Ma décision est aussi spirituelle. Enfin ce n'est pas le bon mot. Il y a deux ans, quand j'ai décidé d'arrêter les chimios, on m'a trouvé un traitement miracle *[les hormones]* qui a été merveilleux. Alors ce que j'aimerais (et maman prend sa voix de petite fille rieuse, avec une mimique qui me donne envie de rire), ce que j'aimerais, c'est que vous me trouviez une petite pilule miracle, qui me fasse vivre deux ans. Je veux bien même être cobaye. Vous allez bien me trouver ça... »

Le docteur Gurwann se penche sur la table. Il y a de l'électricité. Une balle de ping-pong. « J'aurais aimé pouvoir. »

As-tu déjà vu un mort ?

« Quand mon père est mort, j'avais vingt-sept ans. Il s'est passé la même chose qu'avec ma mère : je n'osais pas le regarder. Inconsciemment, j'étais persuadé que regarder un mort allait me faire mourir. »

Il s'est passé quelque chose d'étrange : maman a demandé au docteur Gurwann si elle pouvait être admise à Jean-Drucat (un centre de soins palliatifs). Mes tantes et moi regardons chacun un mur (depuis six ans, maman refuse d'être hospitalisée).

« Je suis trop fatiguée, s'excuse maman.

– À Jean-Drucat, vous ne pourrez pas fumer dans votre chambre.

– Si les soins palliatifs sont plus pénibles que les transfusions, je reviendrai peut-être sur ma décision.

– Jean-Drucat, ce n'est pas un mouroir. Les sorties sont rares, mais ça arrive. »

Maman demande : « Et vous ? Comment ça s'est passé aux États-Unis ? » Tout à l'heure, il la prendra dans ses bras, l'embrassera sur les joues et la fera rire. En sortant, maman me glisse : « Si j'avais eu dix ans de moins et lui dix ans de plus, je crois qu'il se serait passé quelque chose… » Dehors, maman fume une cigarette avec une femme qui a des cloques sur la peau.

La veille, Christine Y avait appelé maman. C'est elle qui lui avait parlé de Jean-Drucat.

Maman est devenue schizophrène. Un fragment de son cerveau sait qu'elle va mourir. Un autre sait qu'elle va guérir. Les deux fragments ne se rencontrent pas. Ou peu.

Le centre Jean-Drucat a été créé au XIXe siècle par les fondateurs du Bon Marché. À l'origine, c'était une maternité. Dans les années 70, lorsque tout le monde pouvait avoir accès à une maternité sans l'aide de son employeur, les jeunes mamans ont été remplacées par des malades en fin de vie.

Te souviens-tu du jour où tu as appris que tu allais avoir un enfant ?

Maman : « Ça a été un grand bonheur… Ça faisait au moins six mois qu'on essayait… J'avais cru être enceinte une fois ; c'était pas ça. (…) La seconde fois, je suis allée voir mon gynécologue. Il m'a confirmé que j'étais enceinte. C'était un bonheur fou. Je suis revenue à l'appartement. Ton père était en train de parler avec des copains. Il ne m'a pas demandé de nouvelles du médecin. Dans la cuisine, j'ai commencé à faire à manger. Il m'a demandé de lui apporter du sel ou une bouteille d'eau. Je me suis cogné le genou contre la porte. Et là, je l'ai engueulé ; je lui ai hurlé dessus que j'étais enceinte. (…) Pendant mes deux grossesses, j'avais une pêche d'enfer. (…) Tout le monde était sidéré de me voir avec un ventre aussi énorme. À l'époque, les échographies n'existaient pas. On m'avait dit : "Soit il y en a deux, soit il est très gros." Tu étais seul, tout petit, tu ne faisais même pas trois kilos. J'avais juste beaucoup d'eau. De la flotte. »

Papa : « C'était très émouvant. (…) Elle avait des côtés sympas, ta mère. Elle me montrait ton talon qui bougeait sur son ventre. C'était émouvant (…) Je priais sans prier. Tu ne récites pas de paroles. Tu ressens. Elle avait fait

114

des tests. On avait diagnostiqué une toxoplasmose. "Si je dois avoir un enfant anormal, je préfère le tuer dans l'œuf." Ce n'étaient pas ses mots. Heureusement, il y avait un médecin dans la famille qui était catholique. Il s'est arrangé pour qu'elle n'avorte pas. »

Le centre Jean-Drucat comporte trente-six chambres. Seules 25 % des demandes peuvent être satisfaites.

« Vous serez probablement admise dans la semaine », avait dit avec une voix rassurante le docteur Gurwann. Cinq jours plus tard, le dossier de maman était toujours en attente. Quels sont les critères pour être admis ? Probablement qu'il faut faire partie des 25 % dont l'espérance de vie est la plus faible. Maman, qui n'en pouvait plus d'attendre, a décroché son téléphone et a demandé si elle pouvait visiter les chambres. « Comme dans un hôtel ? » a demandé la réceptionniste. « Exactement. »

As-tu déjà vu un mort ?
« Oui… À Bénarès, en Inde… Un peu par hasard, l'hôtel qu'on avait pris était pile au-dessus de l'endroit où les morts brûlaient en permanence… À Bénarès, on dit que la fin du monde, ce sera le jour où il n'y aura plus de morts qui brûlent. »

115

Docteur Bernard Y (*chef de service du centre Jean-Drucat*) : « Après mes études, je voulais m'installer aux Nouvelles-Hébrides *[Il sourit]*. Et puis j'ai fait un stage, un peu par hasard, avec le professeur Levillain, en cancérologie à Saint-Martin. C'était en 1976. Il m'a épaté. Aux plans technique et humain. Ce qui l'intéressait c'était de gérer la douleur. Physique et psychologique. Il faisait, avant l'heure, des soins palliatifs, même si ce terme n'existait pas encore. À l'époque, il y avait encore des salles communes dans lesquelles on plaçait un paravent autour des mourants. Et lorsqu'on ne pouvait plus soigner un patient, on le renvoyait chez lui. Notre rôle, m'a appris le professeur Levillain, c'était de continuer à s'occuper d'eux, même quand il n'y avait plus rien à faire. C'est grâce à lui que je ne suis pas parti aux Nouvelles-Hébrides. »

Quand Christine a appelé maman, elle lui a expliqué que les globules rouges servent notamment à oxygéner le cerveau. Sans transfusion, elle finira par s'endormir.

Docteur Bernard Y : « Après mon stage, j'ai dû faire mon service militaire. À mon retour, j'ai appris que le service de cancérologie de Saint-Martin allait fermer. Certains se sont mobilisés pour trouver un plan B (notamment avec le soutien de Simone Veil). Au même moment, la maternité Jean-Drucat déclinait. Il y a eu des discussions entre les deux conseils d'administration. Et par un de ces hasards merveilleux, il y avait exactement le même nombre de lits à Saint-Martin et à Jean-Drucat. C'est comme ça que le transfert a pu avoir lieu. »

J'ai l'impression d'un truc qui s'est percé, la réaction chimique de maman qui part. Un mécanisme qui s'est enclenché. Il y a une empreinte de ce processus. Une empreinte miniature qui est programmée en moi.

Père Arnaud Y : « Je suis tiraillé entre l'envie de rejoindre Dieu et celle de rester en vie. »

« Avez-vous un doute sur la vie éternelle ?
– Non. Aucun. »

Dimanche dernier, je devais déjeuner chez maman, puis l'emmener en fauteuil roulant prendre un café au soleil. Je savais que ce serait probablement la dernière fois qu'on se verrait chez elle. Je savais qu'il n'y aurait pas de pathos. Qu'on allait rire, écouter des disques, se raconter des secrets. Hier, elle avait fait décongeler de la viande, pensé au repas, elle qui ne mange plus. Ce matin, à dix heures trente, elle m'a appelé. Elle n'a pas dormi

117

de la nuit, n'a pas cessé de vomir. Elle s'apprête à s'endormir, annule bien sûr notre déjeuner, me rappellera en fin de journée quand elle se réveillera.

Dans une interview de 2001, Christine Y explique que la région parisienne compte 372 lits en soins palliatifs pour 100 000 décès par an.

Lundi. On appelle maman pour qu'elle prépare ses bagages. Son dossier médical vient d'être accepté. Ils ne savent pas quand elle pourra être admise, mais ce sera avant la fin du mois.

Maman ne répond pas. Il est seize heures. Claire sonne. S'inquiète. Appelle Fanny qui a la clé. Maman est dans son lit ; elle dort. Elle pense que Quentin et sa copine sont là. Seuls des mots issus de la chasse lui viennent à la bouche.

Maman ne veut pas que j'appelle Jean-Drucat ; elle a peur de les agacer. Ce matin, j'appelle quand même. Ils attendent qu'une chambre se libère. Je n'y avais pas pensé.

Une chambre est libre, vendredi à dix heures. L'assistante sociale propose que maman vienne en ambulance.

Je dis qu'elle n'en a pas besoin. « Je ne connais pas l'état de votre mère. »

Trente minutes après, maman m'appelle. Elle m'annonce qu'elle est admise à Jean-Drucat. Je lui dis :
« C'est une bonne nouvelle !
– Tu trouves ? »

Dans l'interview de 2001, Christine explique : « Notre travail consiste, dans les cas où la mort est inéluctable, à réinjecter de la vie dans ce temps qui reste. »

Vendredi 19 juin 2009. Fanny et moi avons rendez-vous à 8 h 15 chez maman pour l'accompagner à Jean-Drucat. Je ne dors pas de la nuit, je revérifie des dizaines de fois mon réveil. À 5 h 45, je finis par me lever. Je me sens en forme. Je lis un peu. Je suis en avance. Je prends un taxi. Le chauffeur est un débutant. Il a cinquante ans. Il tourne à gauche ou à droite en fonction des ordres de son GPS, y compris dans le centre de Paris. On fait des tours sur nous-mêmes dans des ruelles étroites ; je le laisse faire. À 7 h 30, je suis en bas de chez Fanny qui est dans sa cave. On monte prendre un café chez elle. Puis on va en voiture à Clamart. Les volets sont fermés. Maman a demandé à être réveillée doucement : « Surtout pas en fanfare ! » On ouvre la porte. Les lumières sont

119

allumées. Maman est déjà habillée. Elle a un ensemble beige. Ses bagages sont prêts. Elle me demande de prendre son réveil. Jean-Drucat est situé près du métro Corvisart. On prend un café en terrasse. Maman me dit : « Je suis curieuse et un peu angoissée. » À dix heures pile, on arrive dans le hall. On ne sait pas très bien si on est dans un hôtel, dans un hôpital ou dans une maison de repos. Maman occupe la chambre 237. Dans la voiture, à trois reprises, elle me dit : « Je pense qu'ils vont me faire une transfusion. » Je suis un peu gêné parce que, si elle a été admise en soins palliatifs, c'est probablement parce qu'elle a refusé d'être transfusée, comme d'autres font une grève de la faim (le soir, elle me dira : « C'est bizarre, ils ne m'ont même pas fait une prise de sang »). Les médecins, infirmières, aides-soignantes sont toutes souriantes. Trop parfois. L'une d'entre elles est un peu antipathique malgré ses sourires automatiques.

« Combien fumez-vous de cigarettes ?

– Avant trois. Récemment j'ai diminué à deux.

– Deux quoi ? Deux cigarettes ?

– Non. Deux paquets.

– Quarante cigarettes ! Mais c'est énorme. »

Elle fait des yeux ronds. Maman la regarde, agacée.

« Vous n'avez pas le droit de fumer dans votre chambre.

– Je sais. Il y a de l'oxygène dans les chambres et ça pourrait exploser. On me l'a dit déjà trois fois. Ça ne sert à rien de me le répéter. »

On défait ses bagages. Mélie nous rejoint. On est tous les quatre à bavarder. Mélie parle d'une scène dans *Caméra*

Café et tous les trois (maman nous regarde) on a un fou rire. On pleure. Pas parce qu'on est tristes, mais à cause de ce fou rire, qui repart comme un moteur. Maman, sur son fauteuil, nous regarde péremptoire, incrédule. Dehors, il y a un jardin et des fauteuils en osier. Maman a des crampes douloureuses dans les doigts. Hier, elle avait mal aux côtes. « Comme si un camion m'était passé dessus. » On raconte des histoires de famille, drôles, au soleil. Maman sourit. Ce qu'elle veut, c'est du frais. Boire du frais. Mettre ses paumes sur du métal froid. Je la quitte vers quinze heures. Je passe la journée un peu zombie. Je travaille mal. À un confrère qui me demande : « Ça va ? », je réponds : « Non. Je suis en train de perdre ma mère. » Je m'en veux. J'appelle Quentin. Éventuellement il peut avancer son arrivée de dix jours, être là le 1er août.

« L'idéal serait que tu sois là le 20 juillet quand je partirai en vacances.

– Non. Je ne suis pas là pour boucher les trous. »

Article 35 du code de déontologie médicale : « Un pronostic fatal ne doit être révélé qu'avec circonspection. »

As-tu déjà vu un mort ?
« Oui. Ma grand-mère. C'est le premier corps que j'ai vraiment approché. J'ai eu envie de l'embrasser. Comme

une douceur possible, justement. Et pas une chose terrible qu'il faudrait cacher aux enfants. »

Samedi 20 juin 2009. Ce matin, maman s'est levée tôt ; elle a voulu descendre toute seule fumer une cigarette. Elle s'est trompée d'ascenseur. Une heure plus tard, une infirmière l'a retrouvée dans le parking, à moitié évanouie.

Dans la religion bouddhiste, tous les sept jours, pendant sept semaines, on dépose une fleur, à l'heure exacte du décès.

Il y a une fête. Des crêpes, un orchestre, des ballons ; maman veut rentrer chez elle. « Si on ne me donne pas de médicaments, je vais mourir. » Je pousse son fauteuil. Elle prend une cigarette à côté d'une femme, qui est dans le bâtiment d'en face (en rééducation, et pas en soins palliatifs) ; elle a eu un accident cérébral. La partie gauche de son corps ne peut plus fonctionner : « J'ai deux petites filles. Je donnerais volontiers ma jambe droite contre mon bras gauche : on n'imagine pas ce qu'on peut faire avec deux mains. »

Il me manque un épiderme de peau. Je souris sans excès.

Dimanche 21 juin 2009. Je pousse la porte de sa chambre. Maman dort. Elle est tournée sur le côté. Je ne vois que son dos. Je ne veux pas la réveiller. Je n'y arrive pas. Je panique. Je parle à l'infirmière. J'aimerais voir un médecin. Elle paraît s'en foutre. Je me sens abandonné. Maman dort. J'éprouve un mélange de panique et de tendresse en la regardant. Vers dix heures, j'entends du bruit. Un infirmier est venu réveiller maman. Je m'engouffre. Elle a le visage d'une marionnette chiffonnée. Elle est d'excellente humeur. Elle ne veut pas se laver tout de suite. D'abord une ou deux clopes. Maman me demande de lui apporter son bas de pyjama. J'entrevois ses fesses. Tout en plis. Avec des croûtes. Maman a des escarres. On descend. Il fait beau. Elle se sent bien. Elle n'est plus déprimée comme hier. Elle aime cet endroit, les gens. Je pense : Ils lui ont mis des antidépresseurs à haute dose. Elle n'a pas de douleur. Juste la banane. Elle me présente Manuel, qu'elle a rencontré hier soir, un homme qui aime lire et a un cancer de la vessie, « C'est mon nouveau copain. » On boit un verre sur la terrasse qui prolonge la coursive, le long de la cafét. À quinze heures, quand je quitte maman, elle me dit :

« Déjà ? *[Fanny vient de nous rejoindre]* Je te revois quand ?

– Je pense mercredi.

– Mercredi ?

– Lundi et mardi, j'ai beaucoup de travail.

– Bon... »

Maman hausse les épaules.

En sortant de l'hôpital, je tente d'appeler papa pour la fête des pères (je ne l'ai pas eu au téléphone depuis le 1er janvier). Ça sonne dans le vide.

Manuel : « La première fois que j'ai vu ta mère, j'ai pensé qu'elle était de travers. Elle avait l'air forte et je me demandais ce qu'elle pouvait avoir. »

Je n'écris pas ; j'appuie sur des vertèbres.

14 h 55. Je dépose une fleur derrière l'autel d'une chapelle désacralisée.

Quand maman est entrée à Jean-Drucat, je travaillais sur un roman qui s'ouvrait sur cette question : papa m'a-t-il violé ? La réponse est non, bien sûr. Mais avais-je le droit de la poser ? Dans le cadre d'un projet d'écriture ?

Raconte-moi un souvenir d'enfance qui t'a marqué(e).
Maman : « (...) La maison de Nanterre. On était com-

124

plètement insouciants. On était heureux dans ce jardin. Je jouais beaucoup avec Zoé... Fanny, fallait pas la toucher. Fallait pas qu'elle ait des taches. On montait dans les arbres. On jouait avec le chien Tommy. (...) Papa avait planté un poirier dans le jardin. Il le surveillait. Il adorait jardiner. Un jour, on a eu une poire. Il la bichonnait. (...) On a joué à la marchande. Zoé a cueilli la poire. Papa était déçu. On allait dans le garage. Il avait une Panhard. On avait fait du toboggan dessus toute la journée. C'était une voiture bien arrondie. Ça rebondissait vachement bien. On avait fait des rayures avec nos chaussures. Papa essayait de nous donner des fessées. On s'était réfugiés sur un lit en hauteur. On était serrés les uns contre les autres. Il n'arrivait pas à nous atteindre. Ce sont des souvenirs d'insouciance. On avait huit/dix ans. Tous les jours, quelque chose de merveilleux s'ouvrait à nous (...). »

Papa : « J'avais trois/quatre ans. Constantine est bâti sur des montagnes. Je revenais de l'école maternelle. En haut, à droite, il y avait un grand champ. Des enfants bergers jouaient avec un sac de farine en papier. Dans ce sac en papier, il y avait un jeune enfant mort. Eux, ils l'avaient découvert dans le sac. Ils donnaient des coups dedans, comme dans un ballon. Moi j'étais dans la rue, et eux dans le champ. C'est comme si j'avais une vision. J'étais loin, mais je les ai vus comme si j'étais près. Comme si mes yeux faisaient un zoom. »

125

En 2008, papa et moi nous sommes fâchés à cause de *La Conversation*. J'avais commis l'erreur de publier sur mon blog les réponses de mes parents, au fur et à mesure de nos entretiens. Mon père m'en a voulu, pas que ces textes aient été mis en ligne, mais que je prenne position pour maman. C'était absurde, je ne prenais pas position, je ne faisais que retranscrire leurs réponses, sans aucun commentaire ; je n'intervenais qu'au montage. Peu à peu, le ton est monté, et papa a lâché cette phrase : « Ta mère m'a parlé de la photographie d'une enfant de quatre ans, sodomisée par un barreau de chaise. » Ces mots, pour moi, étaient de la dynamite.

Un ami me dit : « Vous devriez rencontrer Y. Elle est psychiatre et vient de terminer un mémoire sur le thème de la lecture et des soins palliatifs. »

J'avais un secret que je cachais à mon père : il y a cinq ans, j'avais fait un cauchemar dans lequel je *savais* qu'il m'avait violé (je n'avais pas rêvé d'une scène de viol ; j'avais simplement rêvé que je *savais* qu'il m'avait violé). Cette nuit-là, je m'étais réveillé en larmes. Je savais que c'était faux, que papa ne m'avait jamais violé. Mais ce rêve avait ouvert une brèche dans mon cerveau ; l'histoire, que mon père me racontait sur « l'ami de maman » qui m'aurait violé, apparaissait comme un flash. Cette histoire, que j'avais toujours balayée de la main, comme une histoire de plus que mon père inventait pour me dégoûter de maman, s'était incrustée en moi. Cette nuit-là, pour la première fois, je me suis posé cette question : Et si cet *ami*, c'était lui ?

Je suis allé voir des psychiatres (dont un hypnotiseur) pour leur raconter cette histoire, leur demander ce qu'ils en pensaient. Tout cela, papa ne le savait pas, mais quand il m'a parlé de la petite fille sodomisée par le barreau de chaise, un canal a pété ; j'ai répondu à mon père que je voulais connaître le nom de l'ami qui m'aurait « violé ». Papa s'est dérobé. Il a nié mollement. J'ai insisté. Ses réponses étaient ambiguës. Cette histoire m'obsédait. Je ne dormais plus. J'ai fini par cracher le morceau. Lui parler de ce rêve fait cinq ans plus tôt.

C'est dans ce contexte que papa a commencé à me faire la tête. La première conséquence, c'est que j'ai dû interrompre mon projet (*La Conversation*). Trois mois plus tard, papa et moi nous sommes brièvement réconciliés, je lui avais envoyé un mail pour lui annoncer que *Les Carnets blancs* était accepté au Seuil ; il était fier. Puis il m'a écrit que si, lui, n'avait jamais été publié, c'était à cause de maman (« Ta mère m'obligeait à passer l'aspirateur »). J'étais à fleur de peau. De nouveau, nous nous sommes éloignés. Un mois plus tard, le jour de l'anniversaire de mon père, je l'ai appelé. Je suis tombé sur ma belle-mère ; elle m'a dit qu'il ne fallait pas remuer le passé, qu'on ne pouvait pas savoir, que papa était malheureux, qu'il disait : « Je n'ai rien fait », c'est la première fois que j'entendais ces mots, ils m'ont fait du bien. Ma belle-mère ne pouvait pas me passer mon père : « Il est entré ce matin à l'hôpital psychiatrique. » À ce moment-là, j'avais déjà commencé à écrire un livre sur mon père (la première scène se déroulait chez un hypnotiseur à qui je demandais si mon père m'avait violé). « Il est entré ce matin à l'hôpital psychiatrique. » Mon écriture était-elle responsable, même en partie, de son internement ? J'ai appelé le standard de l'hôpital, je n'ai pas eu mon père tout de suite, on m'a passé plusieurs postes ; une femme, avec un sourire naïf, m'a dit : « Votre père va être heureux ! » Papa était dans une pièce blanche, avec une vitre, je l'ai entendu sourire. Il a pris le combiné. « Bon anniversaire papa. » Quand il a compris que c'était moi, il n'était plus heureux du tout. Je me sentais merdeux. Je lui ai dit pardon. Il est resté glacial. Début 2009, j'ai retenté ma chance : « Bonne année papa ! » « Ah bon ? » a été sa seule réponse. Quelques secondes plus tard, nous avons raccroché. Pour mon anniversaire, le 27 mai, il ne m'a pas appelé. Et le 21 juin, il n'a pas décroché.

Y et moi buvons du rosé ; c'est notre première rencontre. Elle est psychiatre. L'année dernière, elle a rédigé un mémoire qui a pour titre : *La littérature peut-elle soi-*

gner ? Lecture et soins palliatifs, enquête bibliographique et mise en perspective.

Lundi 22 juin 2009. Maman me manque. Je donne un cours à la fac. À l'intercours, je l'appelle :
« J'ai un rendez-vous qui se termine à vingt et une heures. Si tu veux, je peux passer après. Sauf si c'est trop tard.
– Non, viens. J'ai envie de te voir. »

« La bibliothérapie est l'utilisation de n'importe quel ouvrage littéraire dans le traitement de problèmes physiques ou émotionnels. » (*Définition proposée par Jacqueline Fincher en 1980.*)

J'arrive en taxi. Maman est sous le préau avec Manuel. Il nous laisse tous les deux. Maman me dit : « Ton frère ne saura jamais ce qu'on a vécu, et c'est tant mieux. » Une infirmière de nuit se présente. Elle est rousse, maquillée, rigolote. Elle veut savoir si maman a un déambulateur. « Oui. Mais il m'énerve. Il ne va pas aussi vite que moi. » Demain, maman aura des examens sanguins qu'elle a elle-même commandés. L'infirmière demande :
« Ça vous rassure ?
– Oui.
– Vous savez, ici, on ne soigne pas. On *accompagne*. C'est quoi, votre projet ?

Maman dit qu'elle a l'impression d'être une marionnette dégonflée.

« J'aimerais qu'on me regonfle. Et si ce n'est pas possible, couic ! je couperai les fils. »

L'infirmière répond :

« Vous êtes encore dans le déni, c'est normal. Vous n'êtes arrivée que vendredi, mais après vous passerez dans la phase d'acceptation. Vous êtes ici pour vous reposer. Pour lâcher prise. Pour profiter. »

Quand et comment penses-tu mourir ?

« Je pense que je vais mourir, statistiquement à... vers... L'espérance de vie en France sera vraisemblablement de 86 ou 87 ans. Je pense donc mourir en... 2074. Dans un hôpital, ou dans une maison de retraite. D'un excès médicamenteux d'antidouleurs, je pense. »

En 2010, j'ai appelé un voyant.

Je l'avais interviewé, deux ans plus tôt, pour *Les Carnets blancs*. Je voulais le revoir. Comme un fil rouge entre mes deux livres.

La porte de sa caravane est ouverte. Altiz me demande s'il peut fumer une cigarette avant de me tirer les cartes.

Je lui ai apporté un exemplaire des *Carnets blancs*. « Vous pouvez me dire à quel endroit vous parlez de moi ? Je ne suis pas un grand lecteur ; je suis allé en classe jusqu'en CE2. »

La littérature peut-elle soigner ? « Le pionnier en la matière est James Pennebaker. Il a pu montrer que le recours à l'écriture expressive quinze minutes par jour pendant quatre jours suffisait pour constater des effets positifs sur la santé. »

J'explique au voyant que maman est morte, il y a presque un an. J'aimerais savoir s'il peut me dire quelque chose sur elle. Par exemple, pourrais-je un jour la revoir dans un rêve en sachant qu'elle est morte ?

« Comme un jeu de miroir ?

– Oui.

– Votre question est trop compliquée.

– … Alors je vais vous en poser une autre. En lien avec mon livre… Pouvez-vous me parler des relations que j'aurai avec mon éditeur ?

– Il faut que la question soit plus précise, que je puisse vous répondre par oui ou par non.

– Éventuellement, je peux vous poser la même question que la dernière fois : mon nouveau livre va-t-il être publié ? Et si oui, quand ?

– Vous savez, je ne pourrai pas vous donner de date.

131

Tout ce que je peux faire, c'est vous donner une date butoir. »

Mardi 23 juin 2009. Aujourd'hui, je ne suis pas allé voir maman ; je ne sais pas pourquoi.

Altiz a dans ses mains des cartes de tarot.

« Je peux formuler la question ainsi : "Mathieu Simonet publiera-t-il son livre avant la fin 2011 ?"

– D'accord. »

Il commence à battre les cartes. Je l'arrête.

« Non. J'ai une autre idée. Je préférerais que vous répondiez à la question suivante : "Mon livre plaira-t-il à mon éditeur ?" »

Il réfléchit.

« Oui, ça, je peux. Quel est le prénom de votre éditeur ?

– Y.

– Y... Alors : "Le nouveau livre de Mathieu Simonet va-t-il plaire à Y ?" »

Il répète plusieurs fois cette question en battant les cartes. Il les dépose sur la table et me demande d'en tirer quatre avec la main gauche (la main du cœur). Il retourne mes cartes : la lenteur, la roue. « Il va falloir être patient. Il y a aura des blocages... Mais ça ne nous dit pas si Y va aimer ou non votre livre... Tirez quatre autres cartes, et réfléchissez bien à votre question. » La dernière carte est celle de l'impératrice. Il paraît content. « Ça va prendre du temps, mais oui, ça va plaire à votre éditeur. »

Le mardi 23 juin est donc la seule journée où je ne suis pas allé à Jean-Drucat. Dans l'après-midi, maman s'est acheté un scooter (un « scooter A4 » pour personnes âgées. Au début, maman pensait qu'elle pourrait transporter quatre personnes ; elle était très fière). Plusieurs de mes tantes ont assisté à cette scène surréaliste de maman, dix jours avant de mourir, qui slalomait au milieu des couloirs de Jean-Drucat.

Dans la soirée, maman m'a laissé un message sur mon portable : « J'ai vingt ans ! Je suis autonome ! »

Raconte-moi un souvenir de ton adolescence.
Maman : « J'étais toujours avec Fanny. On était à l'opposé. Elle s'intéressait aux garçons. Elle était très *boum*. Moi, j'étais garçon manqué. Mais je voulais m'intégrer à son groupe. Tous les matins à dix heures, ils avaient rendez-vous sous la grande horloge de La Baule. Et ils faisaient la liste de tout ce qu'ils voulaient. Du rouge à lèvres. Des soutiens-gorge. Tout et n'importe quoi. La seule chose que j'avais trouvée pour m'intégrer, c'était voler ce qu'ils aimaient. Je prenais leur liste, le matin, et je volais tout ce qu'ils demandaient. J'admirais beau-

coup Fanny. Elle avait quinze ans. Elle était courtisée. J'ai cessé de voler le jour où je me suis fait choper dans le Prisunic de la rue de Passy. C'était en septembre. Fanny m'avait commandé un agenda. J'étais mineure. Il fallait qu'un adulte vienne me chercher, sinon je passais la nuit au poste. Les parents étaient à la chasse à l'Arsendrie. C'est tante Louise qui est venue me chercher.

– Tu volais aussi des choses pour toi ?

– Non... Si ! Je volais du chocolat pour Zoé et moi. J'avais un physique ingrat. J'étais grosse. Je m'habillais n'importe comment. Je me souviens de la première fois où j'ai dîné au restaurant entre "jeunes". C'était avec Fanny et sa bande. Pendant le repas, je n'ai pas prononcé un mot. Au dessert, je suis allée aux toilettes. J'ai demandé à Fanny si elle pouvait venir avec moi. "Je ne sais pas quoi leur dire." Elle m'a suggéré de prononcer : "Il fait beau." J'en étais incapable. »

Christine Y : « En juin 2009, ta mère m'a annoncé par téléphone qu'elle voulait arrêter les transfusions. Elle voulait savoir ce qui allait se passer. Je lui ai parlé de Jean-Drucat. Je savais qu'elle devait voir le lendemain le docteur Gurwann, mais je ne savais pas si elle allait maintenir sa décision, ni si elle obtiendrait une place à Jean-Drucat. Deux semaines plus tard, le vendredi ou le samedi, ta mère a cherché à me joindre sans me laisser de message. J'ai essayé de la rappeler chez elle. Ça ne répondait pas. J'ai appelé Fanny. Elle m'a annoncé que

Pascale venait d'être admise à Jean-Drucat. Le lundi, sans prévenir ta mère, je lui ai rendu visite. Elle était heureuse de me voir. Elle attendait qu'on lui livre son scooter. Elle était impatiente. Elle fumait sous le préau avec Manuel. Lui, était très délicat. Après un moment, il nous a laissées toutes les deux. »

Manuel : « Je n'ai vécu que quelques miettes de temps avec elle. »

Altiz : « Attention... ce n'est pas très commercial ce que je vais vous dire... mais je peux me planter... Au final, c'est ce que les gens font qui compte. »

Je cherche un billet dans ma poche.
« Que faites-vous Mathieu ?
– Je veux vous payer.
– Non, vous êtes mon invité. »

Quel est ton rapport à l'argent ?
Papa : « J'en ai toujours rien eu à foutre. (...) C'est un point que j'ai en commun avec ta mère. Elle est inconséquente. Je le suis aussi. Elle n'attache pas d'importance à l'argent. Souvent, j'ai rencontré des femmes riches. Mais je n'en étais pas amoureux. Beaucoup de mes amis ne

comprenaient pas. J'avais beaucoup d'admiration pour mon ami Amaté. Il est peintre. Il ne voulait pas se prostituer. Pourtant il aurait pu faire des toiles commerciales et bien gagner sa vie. Mais il ne le faisait pas. Il y a dix ans, j'ai rompu avec une femme qui était riche. Amaté m'a dit : "T'es dégueulasse. Tu ne penses pas à moi." Ce jour-là, j'ai compris qu'il ne voulait pas être une pute, mais que ça ne le gênait pas que ses copains le soient. Pour moi, l'argent, ce n'est pas sale. »

Maman : « Je déteste. Je suis incapable d'en avoir. Ça me brûle les doigts. Si j'en ai, j'ai besoin de le dépenser pour ne plus en avoir. Puis je pleure parce que je n'en ai plus. L'idéal, c'est d'avoir juste ce qu'il me faut pour mon minimum vital. Quand j'ai de l'argent, je ne sais pas le gérer. Il faut que je le dépense. Ça m'obsède. Je ne supporte pas l'idée qu'il reste de l'argent sur mon compte bancaire. Pour régler ce problème, j'avais pris un CODEVI, mais c'est de la connerie, tu peux le faire sortir comme tu veux. Je n'aime pas l'argent. Je n'aime pas, en fin de mois, manquer. J'ai juste besoin d'acheter mon alcool, ma bouffe, mes clopes, mon essence. Je n'ai aucun besoin. J'achète mes vêtements en solde. Quand c'est à moins 60 %. Et je ne vais que chez C&A. Les pulls sont à 3,50 €, les pantalons à 4,25 €. Je n'ai pas besoin de plus. »

J'écris sur les jointures de ce manuscrit.

L'alcool ?

Papa : « J'ai été très marqué par ta mère. J'ai mis beaucoup de temps à comprendre qu'elle était alcoolique.

– Tu t'en es rendu compte quand ?

– Trois/quatre mois avant de la quitter.

– Comment tu t'en es rendu compte ?

– En observant le nombre de bouteilles vides dans la cuisine. L'alcool, ça bousille les gens sensibles. Tu ne peux jamais t'en sortir. J'avais rencontré une association d'aide aux proches d'alcooliques. Il ne faut pas rentrer dans le jeu de l'alcoolique. Moi je suis naïf, je crois tout ce qu'on me dit. Un jour, j'avais fait remarquer à ta mère que ce qu'elle buvait, c'était de l'alcool à 14°. Elle m'avait convaincu que la mention 14° n'avait rien à voir avec le degré d'alcool. Je l'ai crue. Pourtant je n'étais pas con. Grâce à cette association, j'ai compris que les alcooliques, peut-être aussi les drogués, mais surtout les alcooliques, sont de grands comédiens. Ils sont capables de te faire croire n'importe quoi. Or, il ne faut pas rentrer dans leur jeu. Il faut être compatissant, les aider, mais c'est tout. Si c'était à refaire, je le referais différemment. On ne peut pas composer avec l'alcool. C'est malsain. Comme l'intégrisme. »

Maman : « C'est le grand problème de ma vie. J'ai toujours aimé ça. Dans la maison de Nanterre, quand j'étais petite, les parents faisaient venir du vin en tonneau. On était tous réquisitionnés pour le mettre en bouteille. Avec mon frère, on s'arrangeait pour être ceux qui bouchaient les bouteilles. On sifflait quelques gouttes pour que le bouchon rentre mieux. On avait neuf/dix ans. Un peu plus

137

tard, à table, le dimanche, papa nous autorisait à boire un fond de vin rouge. Et puis j'ai rencontré Y, mon premier mari ; j'avais dix-huit ans. Et là, ça a été la débauche totale. On était quatre dans le bureau. Tous les matins, on achetait une bouteille de whisky. Sur les quatre, il y en avait un qui ne buvait pas. Après le bureau, on faisait la fête. Je rentrais chez les parents complètement pétée. Notre grand jeu avec Y, c'était d'ouvrir les portières des voitures et de voler tout ce qu'il y avait dans les boîtes à gants. On avait des filets à provisions dans lesquels on mettait des tournevis, des lampes torches... tout ce qu'on peut trouver dans une boîte à gants. Quand je rentrais à quatre/cinq heures du matin, complètement beurrée, j'avais mon filet à provisions qui faisait un bruit infernal. Papa a fini par s'en rendre compte. Un jour, je l'ai retrouvé dans mon lit. Il voulait connaître l'heure à laquelle je rentrais tous les soirs. Il s'était endormi. Je suis allée dans une autre chambre. Ensuite j'ai rencontré ton père, et là je me suis un peu calmée parce qu'il buvait très peu. Puis j'ai rencontré la bande d'EDF, et là j'ai rebu de plus belle. Avec Y *[mon amant que tu n'aimais pas]*, je buvais beaucoup aussi. Jusqu'au jour où je suis partie en cure. Parce que ce n'était plus possible. Là-bas, ils prônaient l'abstinence, mais moi ça ne m'intéressait pas. Ce que je voulais, c'était apprendre à boire autrement. Avant, je finissais un verre en trois minutes. Maintenant, je peux garder un verre une heure sans problème. Avant je buvais au goulot si j'en avais envie. Maintenant, j'en serais incapable. Mais je ne peux pas dire que je n'ai plus de problème avec l'alcool. Je n'envisage pas de passer une journée sans boire. Sauf à l'hosto. Maintenant j'y arrive. »

Mercredi 24 juin 2009. Maman et moi sommes assis côte à côte, dans les fauteuils en osier du parc. Deux prêtres en soutane passent devant nous. Elle murmure : « Tu crois qu'ils sont malades ? »

J'ai fait un rêve. Je buvais du vin. Il y avait des pépins dans ce vin. C'était sa particularité, la preuve qu'il était bon, qu'il était jeune.

Docteur Bernard Y : « À Jean-Drucat, on pratique quatre à cinq transfusions par an. Pas plus. Manuel, par exemple, a été transfusé. Parce qu'il avait un projet. Retourner près de sa mère en Galicie. Il avait besoin de forces. Si on avait fait une nouvelle transfusion à votre mère, on l'aurait prolongée quelques jours de plus, c'est tout. Ce n'est pas une histoire d'argent. Le problème c'est : À quoi ça sert ? »

Maman : « Je parle beaucoup avec Manuel. Il a une sonde dans la vessie. On parle de la mort. Du passage à la mort. C'est tellement abstrait, et tellement concret. Dad est mort à soixante-trois ans. Ce que j'aimerais, c'est atteindre son âge. Vivre jusqu'en mai 2010. » Elle me regarde. Elle sait qu'elle ne tiendra pas aussi longtemps.

J'ai calculé. Dad est mort à soixante-deux ans. À soixante-deux ans et six mois. Je ne sais pas si maman aurait souri si je le lui avais dit.

Rêve. Il y a deux enfants qui jouent sur une table. Ils ont des jouets qu'ils font tomber par terre. Lorsqu'un des jouets tombe, une tête se détache et crie : « Maman ! » avec une sonorité différente selon chaque jouet.

Son taux de globules rouges est à 4. Ses plaquettes sont inférieures à 10 000. Le docteur Jules Y (un psychiatre aux épaules larges et aux yeux bleus) s'assoit à côté de moi.
« Mon frère doit venir le 10 août.
– Ce sera trop tard. »
Je sanglote. Il me touche le bras.
« Et moi, je dois partir le 20 juillet.
– Vous pourrez partir en vacances. »
Je resanglote.
« Votre mère ne pourra plus utiliser son scooter. »
Maman va peu à peu perdre connaissance. On lui donnera de l'oxygène. Elle ne devrait pas souffrir. Elle partira en douceur.

J'ai déposé une deuxième fleur blanche dans les jardins de l'hôtel de Sully. En plein soleil. À côté d'une rosace en pierre. À 14 h 55.

J'appelle Quentin :
« Le 10 août, ce sera trop tard.
– Je t'ai dit que je pouvais venir le 1er août.
– Le 20 juillet, ce sera trop tard.
– Mais alors, c'est vraiment la fin ? »

Que penses-tu de mon écriture ?
Papa : « Je trouve ça intéressant. Quand tu as parlé de mon père, il y a des petits détails qui n'apparaissent pas bien. Toi et ton frère vous avez joué un grand rôle dans ma vie. On n'a pas communiqué assez. Ça me fait plaisir que tu écrives. Mon père m'a dit des choses sur sa vie vachement profondes. Sur les pâquerettes. J'ai eu de mon père une vision faussée. Des fois, tu crois que tu ne communiques pas, mais en fait tu communiques très fort. C'est pareil avec toi.
– C'est vrai que tu voulais m'appeler "Perrine-Maya" ? Que tu disais "Ce sera un beau prénom d'écrivain" ?
– Oui. Au début, ta mère voulait t'appeler Perrine. Moi je voulais t'appeler Maya. C'est le voile de l'illusion. »
Maman : « J'aime beaucoup ton projet. J'ai hâte que tu finisses, pour prendre la relève. Vous poser les mêmes

141

questions à ton frère et à toi. (...) Je ne me reconnais pas tout le temps. Quand je me reconnais, j'adore. Je suis allée voir mon médecin. Je lui ai donné l'adresse de ton blog. Je suis fière. Je pense que je vous ai transmis quelque chose : garder la tête haute, même si on n'est pas brillant à tous les coups.

– Es-tu parfois gênée par mon écriture ?

– Oui. Il y a des choses que je t'ai dites, et que tu n'écris pas. »

Docteur Jules Y (*psychiatre*) : « Le premier contact avec votre mère n'a pas été facile. Je tâtais le terrain. Je la cherchais du regard. Je suis venu m'asseoir à côté d'elle. »

Maman me parle du radiateur que ses sœurs lui ont apporté. « Tu as froid ? » « Non ! » Elle s'énerve : « Fais un effort. Traduis ce que je te dis ! Un *radiateur* ; je veux dire un *frigo* ! »

Elle dit à Manuel qu'elle est fière de nous : « Mathieu va publier en janvier. Pourtant ce livre, j'ai eu du mal. » Manuel la coupe et parle d'autre chose.

Au cours de la soirée, elle me demande de l'emmener aux toilettes. Elle se déplace plus difficilement à cause

de sa perfusion (on lui injecte du sérum physiologique).
Elle s'emmêle, me dit de lui tenir sa porte. Je reste à l'extérieur avec la perf, maman est au fond de la salle de
bains, les toilettes sont dans un renfoncement à droite, si
bien que je ne la vois pas nue. Je l'entends pisser. Elle se
relève difficilement. J'aperçois ses fesses. Elle a le visage
concentré. Maman fume. Ne veut pas aller se coucher.
22 heures. 23 heures. J'ai faim. Je voudrais rentrer. S'il
lui reste une semaine ou un mois ou trois mois, l'importance de rester avec elle jusqu'au bout n'est pas la même.
Finalement, je reste. Un peu avant minuit, maman dit :
« Je vais me coucher. » Elle veut qu'on lui mette des barrières. L'infirmier lui demande :
     « Vous avez une prescription médicale ?
     – Je suis tombée cette nuit. »

Je ressemble à un balancier qui ne trouve pas la verti-
cale. Moi. J'embrasse. Et je me tais.

Jeudi 25 juin 2009. Je lui caresse le bras. Je lui dis :
« Tu as la peau douce. » Elle sourit. Elle me dit : « C'est
vrai. J'adore », et elle se caresse elle-même le bras.

Docteur Jules Y : « J'ai soutenu ma thèse en 1995 ;
j'avais vingt-neuf ans. Je m'intéressais à la gériatrie. Je ne
voulais pas que ça ressemble à des mouroirs. J'ai photo-

143

graphié les mains et les sourires de patients qui étaient dans mon service. »

L'écriture, c'est foncer tête la première contre un cylindre métallique. Sans savoir pourquoi. Sans savoir comment.

La mort d'un proche a-t-elle été pour toi un choc ?
« Oui. J'ai perdu une de mes meilleures amies, elle est morte dans un incendie à Paris, dans le 9e. C'était la seule victime de l'immeuble ; elle a fait ce qu'il ne fallait pas faire ; elle s'est jetée dans l'escalier. On l'a retrouvée au 4e étage. »

Docteur Bernard Y : « 85 % des gens meurent à l'hôpital. Parfois ils feraient mieux de mourir chez eux. Quel intérêt de mourir avec une sonde et des tuyaux dans la bouche ? »

Maman est sous sa douche. Elle rit avec une infirmière. C'est la première fois qu'elle se fait aider pour sa toilette. Elle me dit : « Je ne suis plus gênée par rapport à la pudeur. » Maman a des tuyaux dans le nez. De l'oxygène. Elle ne veut pas descendre fumer une cigarette. « Je veux cocooner. » Elle veut que je l'aide à trier ses vêtements. Je sors tout de l'armoire et je suis ses ordres pour les plier dans le sens qu'elle veut, les mettre exactement où elle veut. Elle s'énerve. Je respecte sa maniaquerie.

Père Arnaud Y : « Je suis toujours frappé par le calme de ceux qui sont touchés par la mort. »

Anne-Sarah (*élève infirmière*) : « C'est moi qui ai aidé votre mère, la première fois, sous la douche. On a bien rigolé. Elle s'est lavée toute seule. Je me suis juste occupée de son dos et de ses pieds. Je lui ai lavé les cheveux aussi. En sortant de la salle de bains, elle m'a dit : "C'était très agréable. J'ai beaucoup apprécié ce moment avec vous." Je crois qu'elle avait déjà de l'oxygène, mais je n'en suis plus sûre. »

Je lui caresse les joues, les cheveux, les bras, les mains. « Ta peau est douce. » Quand je mange un yaourt, je me dis parfois que la date de péremption sera postérieure au décès de maman.

Docteur Jules Y : « Oui, si votre mère n'avait pas arrêté les transfusions, elle n'aurait pas été admise ici. À mon avis, elle aurait pu vivre deux/trois semaines de plus. Mais ce n'est même pas sûr. Une transfusion aurait pu

145

causer un œdème pulmonaire. Ses plaquettes étaient tellement basses. »

« La question des risques et des contre-indications de la Poetry Therapy est rarement abordée par les auteurs que nous avons consultés. »

Maman partira probablement dans quelques jours. Relire des notes prises il y a deux mois quand maman me faisait encore « peur » (peur qu'elle lise ce que j'écrivais), qu'elle pouvait encore avoir des pointes de cruauté (pointes qu'elle a encore), relire surtout ces pépites de mots qu'elle me disait et que je notais parce qu'elles me faisaient rire. Me souvenir de l'état dans lequel elle était encore, il y a deux mois, et qui, comparé à aujourd'hui, me fait penser qu'elle était finalement dans une forme olympique ; y repenser me fait du bien.

Louise (*bénévole*) : « J'ai rencontré votre mère par hasard. En fait je n'aurais jamais dû la rencontrer : je ne visite que les malades du premier étage. Votre mère était au second. Deux jeudis par mois, nous avons une réunion entre bénévoles. Le 25 juin (c'était un jeudi), je suis venue à Jean-Drucat. Or, ce jour-là, il y avait une simulation d'incendie. On n'avait pas fait descendre les malades, bien sûr, c'était beaucoup plus informel, mais il y avait beaucoup de monde quand même sous le préau. J'allais donc saluer ceux que je connaissais, et aussi ceux que je ne connaissais pas, je leur disais bonjour, sans les toucher. Votre mère, elle, m'a pris la main. Elle avait un regard noir, très intense, un beau sourire. Elle m'a dit :

"Je sais où j'en suis, je suis bouddhiste, je vais passer d'un état à un autre état.

– C'est ça, je lui ai dit. Mais ce n'est pas facile."

J'ai promis de passer la voir, le lundi suivant. »

Il y a une forme de calcaire quand on écrit un livre. Plus le temps passe, plus on est prêt à assouplir les mots.

Vendredi 26 juin 2009. Fanny et moi allons à Clamart prendre des photos des meubles et des objets. Maman souhaite offrir à chacun un souvenir, mais elle ne se souvient plus de ce qu'elle possède.

Il y a quelques années, papa m'avait donné trois conseils pour accompagner quelqu'un en fin de vie : mettre régulièrement ma main devant sa bouche ; lui chuchoter des prières à l'oreille ; enlever tous les objets personnels de sa chambre.

Mon manuscrit ressemble à un jeu de piste ; je suis le seul à m'y perdre. Avec des flèches dans tous les sens. Comme un cow-boy.

Maman fume une cigarette avec Manuel sous le préau. Je suis assis dans un fauteuil, en face d'eux. Il y a une fille avec des cheveux noirs, de grosses lunettes, l'air un peu autiste, qui ne sourit jamais. Elle marche autour de nous. Je lui propose de s'asseoir. Manuel et maman continuent de parler ensemble sans s'intéresser à elle. Elle est assise sur ma gauche. Je lui demande :

« Comment vous appelez-vous ?

– Élodie. »

Son visage reste figé (elle ne tourne même pas la tête), mais un sourire s'amorce ; ses pupilles me regardent en coin. Elle a prononcé « Élodie » avec coquetterie. Maman intervient :

« Vous êtes diabétique ?

– Non, j'ai un cancer du poumon.

– Ah, tant mieux. »

Un peu plus tard, lorsque Élodie remonte dans sa chambre, je lui dis : « Bonne nuit, *Élodie* » ; je prononce son prénom, alors que je ne le fais jamais (il y a des gens qui prononcent toujours le prénom de l'autre ; parfois ça semble affectueux, d'autres fois, c'est presque commercial et ça me gêne un peu. Moi, je ne le fais jamais. Non que je ne sois pas affectueux ni commercial, mais ça ne me ressemble pas ; je me sentirais grotesque à dire une phrase telle que « Bonjour, Pierre » ou « Merci, Marie »). Toujours est-il que, ce soir-là, j'ai dit : « Bonne nuit, *Élodie* », avec la conscience que c'était, pour moi, une formule exceptionnelle, et j'ai senti dans ses yeux que ça lui faisait plaisir. « Bonne nuit, Mathieu », a-t-elle répondu ; ça m'a transpercé.

Fiche de liaison : « Nuit calme, sans particularités notables. La patiente est autonome, se déplace toute seule. Fumeuse +++ (odeur de cigarettes dans sa chambre). »

Samedi 27 juin 2009. Fanny est absente pour le weekend (elle est à Étretat pour un anniversaire prévu depuis longtemps). On s'appelle plusieurs fois :
« Maman dort. Son état est stationnaire. J'attends qu'elle se réveille.
– Je pense à Pascale tout le temps. »
On pleure par téléphone. Demain matin, j'ai prévu d'aller à Nantes, pour participer à une table ronde sur les premiers romans. J'hésite à partir. Mes tantes pensent que ça me ferait du bien de quitter Paris dès ce soir. Je pourrais revenir le lendemain, en début d'après-midi. Entre-temps, maman va de toute façon dormir.

149

« Quel est dans ces conditions le statut effectif de la biblio-thérapie ? (…) Autrement dit, qu'entend-on exactement par valeur thérapeutique de la lecture (…) ? »

En fin d'après-midi, je décide de partir à Nantes. Une de mes tantes, la plus jeune sœur de maman, me conduit en voiture, gare Montparnasse.

Dans le train, Quentin m'appelle : « Hier, j'ai eu maman au téléphone. Elle était avec Zoé ; elles n'arrêtaient pas de rigoler. À un moment, maman m'a dit, avec une voix très sérieuse : "Je ne veux pas que tu viennes." »

Je dîne seul dans un restaurant à Nantes. Je commence à préparer un texte pour l'enterrement : « Vous étiez les six doigts d'une main. » Je culpabilise d'écrire ça. Quelques minutes plus tard, je reçois un appel de Manuel. Je sors du restaurant. Manuel me dit :
« Je suis sous le préau avec ta mère. On fume une ciga-rette.
– Elle s'est réveillée ?
– Oui. Je te la passe
– Mathieu, tu es où ?
– Je suis à Nantes. »

Fiche de liaison : « Altération de l'état général. Grabatisation d'installation rapide. Difficulté à la prise de médicaments. Patiente perfusée. »

Docteur Bernard Y : « Le professeur Levillain *[le fondateur du centre Jean-Drucat]* est mort à Toulouse, auprès de sa famille, il y a une dizaine d'années... Il avait un cancer... Il est parti de Paris, en voiture, quand il pouvait encore conduire. »

Dimanche 28 juin 2009. Gare Montparnasse. Zoé me téléphone : « Tu es où ? Ta mère t'attend. Elle ne veut voir personne ; elle se repose pour être en forme pour toi. »

J'arrive dans le hall de Jean-Drucat. Sous le préau, tout le monde est là. J'ai une boule d'angoisse.

Depuis dix jours, nous vivons dans une forteresse. Le temps est distendu. L'espace, éclaté.

Au deuxième étage, je croise Claire : « Ta mère est aux toilettes. Attends cinq minutes. » J'attends. Je prends mon temps. J'entends la chasse d'eau. J'attends encore un peu. J'entre. Elle est encore aux toilettes, la porte ouverte. Je l'entends crier : « Zut ! » Je referme la porte de sa chambre. Reste à l'extérieur. Quelques minutes plus tard, elle prononce mon prénom. Je m'approche de son lit. « Hier, tu m'as manqué. » Elle souffre à l'épaule droite. « Je n'en peux plus. » J'appelle l'infirmière. « Ta mère irait très bien si elle n'était pas malade. » Elle a les yeux fermés. Elle ne veut pas que je l'embrasse. L'infirmière regarde l'épaule. « Vous avez une cicatrice ouverte. » Elle lui donne un médicament. J'ai l'impression qu'on m'a menti. Que la douleur n'est pas maîtrisée. Je pense à une piqûre. Je vais chercher le médecin. Il parle fort. Maman lui demande : « Est-ce que je vais m'en sortir ? » Il ne répond pas. Elle lui parle des enfants de *Summerhill*. Il ne comprend pas. Moi non plus. Une fois qu'il est sorti, elle sourit : « Je lui ai dit des trucs intellos pour l'emmerder. » Elle m'explique. On lui a mis une sonde. On l'a torturée. On lui a fait des lavements parce qu'elle n'a plus la force de pousser.

Je me lave plusieurs fois les mains. Maman n'a plus de défenses. J'ai peur de la rendre malade.

Le docteur Bernard Y s'assoit à côté de moi.
« Maman peut vivre encore combien de temps ?
– Je ne sais pas.
– Quelques heures ? Quelques jours ? Quelques semaines ?

– C'est une affaire de semaines. »

Parfois, j'aimerais toucher les gens, dans la rue, le métro, dans les bars ; vérifier qu'ils existent.

Fiche de liaison : « La patiente commet des imprudences en voulant se déplacer toute seule aux toilettes. Je l'ai surprise debout entre le lit et la porte de la salle de bains. »

Écrire, c'est une forme de maladie vénéneuse sur la peau.

Docteur Jules Y : « On meurt comme on a vécu. Chacun a un rapport particulier à la douleur. Un homme de quarante-deux ans avait trois cicatrices sur le thorax. Il m'a expliqué qu'il s'était lui-même lacéré le corps à dix-sept ans. Pour tester son rapport à la douleur, se prouver qu'il était un homme. »

À la fin de mon texte, je suis un punching-ball.

Lundi 29 juin 2009. Dans la matinée, Claire m'appelle. On reste une demi-heure au téléphone. On fond en larmes, puis on a un fou rire. On reste assez longtemps à pleurer dans le combiné, puis à rire, comme si on était dans les bras l'un de l'autre.

Benoît Y (*aide-soignant*) : « Avant de travailler ici, j'ai suivi une formation de neuf jours (trois jours sur la douleur, trois jours sur l'accompagnement, et trois jours sur notre propre mort). »

14 h 55. Je dépose une fleur, dans un sous-sol désaffecté, sur un piano à queue.

Fiche de liaison : « Traitement antalgique et corticoïde passé par voie veineuse. »

J'entre dans la chambre de maman. Les rideaux sont tirés. Il fait sombre. Elle est couchée sur le côté. De ses mains, elle me repousse pour que je ne l'embrasse pas : « Laisse-moi tranquille, je vais crever. » Je sors de la chambre. Une infirmière me demande :
  « Elle est allée à la selle ce matin ?
  – Je ne sais pas.
  – Vous pouvez lui demander ?
  – Non. »

Je descends sous le préau. Mélie porte des lunettes
noires. Elle fait un sudoku.

Je remonte dans la chambre. Maman a encore mal au
ventre. « Arrête avec ta voix doucereuse ! » Je vais chercher un médecin. Il paraît agacé : « Votre mère a un
double discours. À moi, elle dit qu'elle ne souffre pas. » Il
veut que je le suive pour qu'on soit dans la même pièce.
Il parle fort. Maman est assise sur son lit. Elle fait des
gestes avec la main pour qu'il parle moins fort.
   « Vous avez mal où ?
   – À l'anus. »
   Je ne sais pas si je dois rester ou sortir. C'est à cause
de ses lavements. Elle en a eu deux hier. Elle se plaint
de sa perf, de sa perte de liberté. Le médecin recentre
le débat sur les douleurs. Ça l'épuise. Elle dit : « Je veux
aller aux toilettes. J'ai une hémorragie. » Le médecin me
glisse : « Il faut décoder. Son anus saigne un peu à cause
des lavements et du peu de plaquettes. » Maman va aux
toilettes. Le médecin l'accompagne. Maman veut être
seule. Elle dit : « Mais merde ! Il n'y a pas de papier ! »
Le médecin court chercher un rouleau. Quand il revient,
il le dépose bruyamment sur la table, près de son lit. Je
me retrouve seul dans la chambre. Maman est encore aux
toilettes. Elle ne peut pas attraper le rouleau toute seule.
Je reste immobile. Je demande à maman : « Tu veux que
je t'apporte le rouleau ? » « Oui. » Et il y a du plaisir dans
son oui, qui me satisfait, qui me remonte le moral. Elle

155

ne m'en veut pas d'assister à ça. Un peu plus tard, elle sort des toilettes. J'attends qu'elle soit couchée. Je vérifie qu'elle ne tombe pas. De dos, sa culotte est propre. Moi, j'en aurais foutu partout. Je la trouve digne. Sans se retourner, elle me dit : « Laisse-moi. Laisse-moi tranquille. »

Docteur Christine Y : « La deuxième fois que je suis venue, c'était un lundi, le 29 juin. Je ne sais pas comment elle tenait debout. Tout son oxygène était probablement dans son cerveau. Elle était dans la colère. Elle refusait de prendre ses médicaments. C'était son dernier bras de fer avec les médecins. »

Louise (*bénévole*) : « Comme promis, je suis venue la voir le lundi. Christine était dans la chambre. Votre mère avait l'air heureuse de me voir. Christine s'est d'ailleurs exclamée : "Vous êtes une privilégiée ! Aujourd'hui, Pascale envoie balader tout le monde." Votre mère m'a regardée avec un air coquin, l'air de dire, Je reçois qui je veux. »

« À titre d'exemple simple et ne nécessitant pas de qualification particulière en psychopathologie ou en littérature, la lecture à voix haute, par l'entourage ou des bénévoles, d'œuvres récréatives visant à fixer l'attention pourrait ainsi être étudiée du point de vue de son impact sur le contrôle et l'évaluation de la douleur. »

Je descends dans le jardin. Je cherche Manuel. Il est assis à côté d'un homme aux yeux papillon, au visage de yaourt ; je lui serre la main, lui demande comment il s'appelle. Il laisse échapper un souffle. « Mustafa. » Il a un regard lumineux, malgré ses yeux, sa bouche, son visage déformés. Je leur dis au revoir. J'avance de quelques pas. Mustafa me fait un signe de la main.

Benoît Y (*aide-soignant*) : « C'est rare que les familles reviennent ici. C'est bon signe. »

Dîner avec Christine. Elle est habillée en blanc. Je renverse de l'eau sur la table. Commets maladresse sur maladresse. Christine me parle de maman, des soins palliatifs, de son parcours professionnel. En sortant du restaurant, j'ai un message de Quentin. Je le rappelle :
« Je te dérange ?
– Oui. »

« En dehors de la psychiatrie, la bibliothérapie est également très utilisée en pédiatrie, notamment dans le cadre de la préparation des enfants aux interventions chirurgicales. »

157

Mardi 30 juin 2009. Maman est apaisée. Je l'embrasse. Elle me dit : « Merci, mon chéri. Ils ont dit que j'avais chié partout. » Elle est humiliée. Elle a encore mal à l'anus, aux fesses. En parlant d'une aide-soignante (celle qui l'avait lavée la première fois), elle dit : « C'est la pire. Elle a failli m'assassiner. » Je ne sais pas si elle délire. Si la moindre pression correspond à une agression, ou s'il y a de façon souterraine des mains qui la maltraitent. Je donne à maman du thé froid. Elle aime. Je l'aide à tenir son verre parce qu'elle n'en a plus la force. Je dis : « J'ai dîné avec Christine, hier. Elle est belle. » Maman sourit, l'air heureuse. Son teint est jaune. Je ne l'avais pas remarqué. C'est le médecin qui m'a dit que le sang circulait mal. Cette fois je le remarque. Ils lui donnent un sédatif.

Benoît Y (*aide-soignant*) : « Le moment qui est difficile, c'est quand le patient comprend qu'il ne survivra pas. »

Sa respiration est plus difficile. Elle ouvre parfois les yeux. Je lui caresse le bras. Il y a une semaine, je lui disais qu'elle avait la peau douce et elle souriait. Là, elle lève la main, agacée. Elle dit : « Pas de musique. Pas de bruit. Je ne sais pas ce que je veux. » Je sais, je sens, que ce n'est plus une question de semaines comme le médecin me le disait avant-hier (il parlait peut-être d'une semaine au singulier ?) C'est une question de jours.

L'impression qu'ils ont toujours une longueur d'avance sur nous. Qu'ils ne nous le disent pas. Et que c'est tant mieux.

Benoît Y (*aide-soignant*) : « Vous devriez contacter le responsable de la chambre mortuaire de La Chartreuse. Il a beaucoup d'histoires à raconter. Il dit des trucs... Il a vécu des choses... Il s'appelle Christian je crois... »

Même avec un corps décharné, avec le ventre énorme, avec ses yeux au-dessus desquels deux demi-lunes semblent avoir été greffées. La voir avec sa bouche dont elle arrache les peaux. Elle introduit les doigts dans sa bouche pour arracher des limbes. Voir maman, même ainsi, me rassure.

Je cherche sur Internet les coordonnées de Christian Gély (*le responsable de la chambre mortuaire*). Je lui envoie un mail. Il me répond dans la journée ; il me propose un rendez-vous, samedi prochain, à 14 heures. Je n'ose pas lui dire que je déposerai une fleur sur son bureau, à 14 h 55.

159

À la fin, on est un chercheur d'or. On passe le texte dans un tamis.

Mercredi 1ᵉʳ juillet 2009. Quand j'ouvre la porte, maman est debout, sa perf sur sa droite. Elle est de dos. Avec une chemise. Les fesses et les jambes nues. Je referme la porte. Attends quelques minutes, puis reviens. Elle est assise sur son lit, l'air moins mourant que la veille. Elle grimace. Dit qu'elle a encore mal. Que la nuit a été affreuse. Que les infirmières sont des garces. Ses dents sont en sang. Je panique. Puis comprends qu'elle a bu un *smoothie* aux fruits rouges.

J'arrache une fleur dans un jardin public. Je longe La Chartreuse. J'arrive devant « l'amphithéâtre des morts » (également appelé « chambre mortuaire »). Il y a un portail vert. Au fond de la cour, dans l'embrasure d'une porte, se tient un homme blond avec des lunettes et une blouse blanche. Il me sourit.
« Bonjour.
– Vous êtes Christian Gély ?
– Non. Il va arriver. »
Il m'invite à m'asseoir dans le bureau. J'en profite pour déposer la fleur blanche sur mon sac bleu, lui-même posé

160

sur la chaise à côté de moi. La fleur est ainsi cachée par la table ; quand Christian Gély entrera, il ne la verra pas.

Docteur Jules Y : « Elle peut partir à tout moment. À tout moment, elle peut s'endormir. Entrer dans une forme de coma. »

Je prends des notes sur un carnet rouge.

À vingt et un ans, Christian Gély est entré en stage à La Chartreuse comme aide-soignant. Le premier jour, il a croisé le responsable de la chambre mortuaire, qui s'est arrêté devant sa blouse : « Gély ? Vous êtes apparenté à Loïc Gély ? » « Oui, c'est mon père. » *[Son père, Loïc Gély, avait été infirmier en cardio à La Chartreuse.]* « Tes parents et moi nous sommes fâchés quand tu avais trois ans. Je suis ton parrain… »

Une journaliste, aux airs faussement sages, m'explique : « Ma mère est morte il y a quinze ans. C'est un vide qui ne se remplit jamais. »

Christian Gély : « … C'est lui qui m'a conseillé de postuler pour la chambre mortuaire : "C'est un lieu où on rit beaucoup." (...) Quand j'ai débuté, un matin, les ascenseurs étaient tombés en panne. J'ai vu mon patron descendre les escaliers, puis remonter dix minutes plus tard, avec un corps sur l'épaule : "Les familles ne comprendraient pas que l'enterrement puisse avoir du retard à cause d'un ascenseur." Avec un collègue, nous avons fait comme lui. À vingt et un ans, ça marque un homme de porter un corps sur son épaule. (...) »

Louise (*bénévole*) : « Parfois, quand on dit au revoir à un patient, il s'accroche ; il retient notre main. C'est quelque chose d'indescriptible. »

Maman se recouche. On déjeune dehors avec mes tantes. Quand je reviens, elle souffre encore. Elle cherche un médicament qu'on lui aurait laissé. Elle perd peut-être la tête. Je vais dans le box des infirmières. L'une d'elles me dit qu'il y a un médicament contre la nausée qu'elle n'a pas pris. Sa collègue me demande :
« Elle a des nausées ?
– Je ne sais pas. Elle m'a juste dit qu'elle avait un médicament à prendre. »
Je parle des douleurs. À l'anus. Un infirmier intervient : « On va lui passer une pommade. Je vais chercher des gants. » Je ne veux pas. Je reste interdit. Jules Y surgit dans le couloir.

« Maman se sent humiliée quand on lui passe une pommade.

— Je sais, mais on ne peut rien lui donner d'autre. C'est une zone très douloureuse. »

Christian Gély : « Souvent les gens vivent mal qu'on puisse pratiquer une autopsie. Pour moi, c'est un acte chirurgical élargi. »

Le docteur Jules Y entre dans la chambre avec une infirmière. Zoé et moi restons à l'extérieur. L'infirmière ressort : « Elle a un gros problème de nausée. » Elle revient avec un paquet. Zoé me dit : « C'est une sonde. » Je me sens écorché à chaque fois qu'on la touche. Impuissant. Le médecin et l'infirmière sortent. Zoé demande s'il faut l'endormir. Elle ne le dit pas comme ça, elle ne dit rien, mais c'est ce que je comprends. Elle dit juste :

« Mathieu, qu'est-ce que tu en penses ?

— Je ne veux pas qu'elle souffre. »

Cette phrase sort comme une gerbe. J'éclate en sanglots. Je la répète en boucle. Zoé me tient le bras, se rapproche, me parle doucement. Le psychiatre est ferme, doux, yeux dans les yeux : « C'est votre mère qui décidera. Elle veut attendre le docteur Gurwann. Il sera là vendredi après-midi. Après, elle lâchera prise. Il faut que ce soit elle qui lâche prise. On ne la fera pas souffrir. Il ne faut pas craquer maintenant. Tenez bon. » Je pleure

163

à chaudes larmes. Comme un gamin. Je me sens rassuré. J'essuie mes yeux. Ils restent rouges. J'attends avant d'entrer dans la chambre. Maman m'appelle. Je l'embrasse sur la main. Le plus doucement possible.

Christian Gély : « On est passés d'une mort collective à une mort intime. Tout est affaire d'éducation. C'est important d'aborder cette question avant. »

En sortant de Jean-Drucat, je passe dans une librairie. Je tombe sur *Une Confession* de Véronique de Bure. Ce nom me dit quelque chose. Elle et moi avons effectivement un ami commun qui nous envoie des e-mails collectifs. Après-demain (le 3 juillet), il nous a d'ailleurs invités à une conférence au château de Versailles.

14 h 55. Je dépose une fleur entre deux peluches.

J'achète ce livre, comme on piocherait dans des bonbons. Sans le regarder. En sortant, j'ai un message de Fanny sur mon téléphone portable : « Mathieu, ta mère a eu un accident respiratoire. C'était impressionnant. Ils lui ont fait ce qu'il fallait... Une piqûre... Lui donner de l'oxygène. Ils avaient anticipé cet accident. Maintenant, elle dort. »

Mes parents, je le sais, ont eu une part essentielle dans mon écriture. À certains égards, elle est davantage leur enfant que je ne suis le leur.

20 heures. J'entre dans sa chambre ; maman est à moitié endormie. Elle porte un masque pour respirer. Avec deux embouts qui entrent dans les narines. Elle me voit. Je m'assois en face d'elle. Lui demande si ça la dérange que je reste. Elle dit non en faisant un geste de la tête. Je commence à lire le roman de Véronique de Bure. Il y a encore suffisamment de lumière. Zoé m'appelle. Je ne décroche pas. Je lui envoie un texto. Je profite de maman. Je me sens bien à lire. Parfois elle ronfle et j'ai une gourmandise de bonheur. Parfois, au contraire, elle s'agite. À chaque fois qu'elle bouge, je lève les yeux. Parfois elle les ouvre. On se regarde. Je n'ai pas le sentiment de l'apaiser. Elle est à cran. Épuisée. Plusieurs fois, je me demande s'il faut que je quitte la chambre. Sa respiration est parfois plus difficile. Je ne veux pas la laisser seule. De temps en temps, elle bouge sa jambe et son drap se déplace. Remonte. J'aperçois ses fesses. Puis son pubis. Comme dans *L'Origine du monde*. Je ne me sens ni choqué ni troublé. Je reste les yeux plongés dans mon livre pour qu'elle ne me voie pas, qu'elle ne soit pas gênée. Je ne sais pas si je dois partir. Elle ne peut plus parler. Elle ne peut plus dire si elle a honte. Plus me dire s'il faut baisser ou remonter son drap.

Christian Gély : « Je milite pour que le cadavre soit considéré comme une personne. Avec des droits et des devoirs. Il faut respecter l'intimité de la personne morte. Lui laisser par exemple un drap sur le corps, y compris lorsque les familles ne sont pas là (…) Quand je suis arrivé à La Chartreuse, les locaux n'avaient pas été modifiés depuis 1927. Je me suis battu pour obtenir des subventions. Tout a été refait. Maintenant, on a par exemple des éclairages spécifiques, en fonction du type de peau, du type de maladie. (…) Nous sommes une équipe de sept. Nous gérons mille cinq cents corps par an. »

Au milieu de ma lecture, maman prend le masque et l'enlève de ses narines. Sa respiration reste stable. Je suis prêt à bondir pour appuyer sur le bouton rouge. Lui remettre le masque si la respiration s'emballe. Maman paraît sereine, relativement sereine, alors je ne fais rien.

Louise (*bénévole*) : « Aujourd'hui, j'ai un rapport différent avec la mort. Je crois que je l'ai apprivoisée. Je compare ça à un accouchement. On croit parfois que c'est impossible, que l'expulsion ne marchera pas. Mais quand ça doit arriver, ça arrive. Le calme s'installe. Quand on meurt, tous les malades le sentent. »

Une infirmière entre. Elle constate que maman dort. Qu'elle n'a plus son masque. Elle cherche à le lui remettre. Maman refuse. À trois reprises, malgré sa somnolence, avec une autorité qui me bouleverse, comme on enlève une mouche devant soi, elle enlève le masque. L'infirmière me chuchote : « Elle peut ne pas le mettre, mais il ne faut surtout pas qu'elle se lève. »

Christian Gély : « Sauf exception, on ne déchire jamais les vêtements. On se débrouille. »

Depuis deux heures, je lis *Une Confession* devant maman en réussissant à me concentrer. Je suis calme. C'est comme s'il y avait une force, puisée dans le livre, que j'essaie de projeter sur elle. Mon calme.

Zoé m'envoie un texto. Je lui réponds que tout va bien, qu'il me reste quinze pages à lire, qu'il n'est pas nécessaire qu'elle me rejoigne.

Quinze pages plus loin, je ferme le livre. Maman ouvre les yeux. S'assoit sur son lit, du côté droit, alors que sa perf est du côté gauche. Le fil qui la relie à sa perfusion traverse le lit. Elle essaye de se redresser. Mais elle est retenue par le fil. Il ne faut pas qu'elle se lève. La perf va tomber. Et surtout, l'infirmière a dit qu'elle ne devait pas se lever sans son masque à oxygène.

Christian Gély : « Pendant la canicule, nous avons eu 173 décès. On travaillait 12 à 14 heures par jour. On nous a donné 29 euros de prime, sans qu'on ait rien demandé. »

J'appuie sur le bouton rouge. Je dis à maman : « Je vais t'aider. » Maman s'agite. Veut se lever. N'y arrive pas. Je contourne le lit pour faire tourner la perf jusqu'à elle. « Je vais t'aider. » Je vois des taches marron partout sur les draps. J'ai des larmes qui montent. J'ai envie de prendre maman dans mes bras, de la porter jusqu'aux toilettes. Je ne veux pas qu'elle ait honte. Je dis : « Je vais t'aider. » Maman me fait un signe du bras, un signe autoritaire. Elle veut que je la laisse. Vite. Elle est en train de chier. Je ne sens rien. Je n'ai pas de pudeur. Je n'ai pas de gêne. Mais j'obéis à son geste. Je lui dis : « Je vais chercher l'infirmière. Ne bouge pas. »

Je cours dans les couloirs. Le bouton rouge a actionné une lumière à l'extérieur de sa chambre, mais personne ne vient. Il n'y a personne. Je finis par trouver une infirmière. Elle est dans la chambre d'un patient. Discute avec lui. Elle me dit : « J'arrive », en souriant.

Louise (*bénévole*) : « La première fois que j'ai vu un mort ?... Non, je ne m'en souviens pas. »

Je retourne devant sa chambre. Elle est toujours assise sur le rebord de son lit. L'infirmière ne vient pas. Je retourne la voir. Elle sourit. J'insiste.

« Maman a besoin d'aller aux toilettes. Elle n'a pas son masque à oxygène.

– Le monsieur aussi a besoin d'aller aux toilettes.

– Oui, mais monsieur a l'air en pleine forme. »

L'infirmière me dit : « Je vais prévenir ma collègue. » Une de ses collègues arrive d'un pas lent.

« Maman n'a pas son masque à oxygène.

– Pourquoi elle a un masque à oxygène ? »

Je comprends qu'elle n'est pas au courant du problème respiratoire de cet après-midi. J'insiste :

« Dépêchez-vous. Il faut qu'elle aille aux toilettes.

– Pourquoi vous ne l'accompagnez pas ?

– Parce qu'elle est pudique. »

Elle paraît agacée. Elle entre dans la chambre de

169

maman. Elle sort. Dit à sa collègue : « Y en a partout. »
Maman avait donc raison.

Christian Gély : « Je crois qu'il y a un grand horloger. »

J'entre dans le salon attenant à la chambre de maman.
C'est une douleur primitive. Je mords mes doigts pendant que je pleure. Je plie mon corps. Je m'accroche aux
rideaux bleus (blancs ?). Je ressors dès que j'entends une
des infirmières sortir de la chambre de maman. Elles
emportent les draps. L'une d'elles dit : « Il y a une compli-
cation. Votre mère ne veut rien entendre. Elle reste pros-
trée sur son lit. Assise. Refuse de porter son masque. »
Elles retournent dans la chambre avec des draps blancs.
Je me sens impuissant. J'ai laissé mon téléphone portable dans la chambre de maman. Je ne peux appeler
personne. Je pleure en mordant mon poing.

J'entends un pas dans le couloir. Je rêve que ce soit une
de mes tantes et non une infirmière. Je me sens micros-
copique. Claire surgit dans une tenue bleue. J'ai du mal
à y croire. Elle me dit qu'elle a senti un *signe* à la fin du
dîner. Elle me prend dans ses bras. Pleure contre moi.
M'embrasse. Me dit : « Mon chéri, mon chéri. » Je me
serre contre elle.

On entre dans sa chambre. Maman a de nouveaux draps. Elle est allongée. Toujours sans masque. Elle aperçoit Claire. Puis m'aperçoit. Je l'embrasse sur la main. Ou sur la joue. Je ne sais plus.

Fanny nous rejoint. Nous allons parler aux infirmières. Je ne veux pas les engueuler. J'ai peur de leur pouvoir. Elles me font peur. L'une d'elles parle en regardant ses ongles.

Père Arnaud Y : « La mort, c'est la vie qui s'achève. Qui prend sa forme définitive. »

Dans la cage de verre, l'infirmière explique :
« Vous n'avez pas compris ce que c'est, les soins palliatifs.
– Non, expliquez-moi, dit Fanny.
– Votre sœur ne sortira pas d'ici.
– Ça, je sais. Mais est-ce qu'on peut lui faire une piqûre ?
– *Ça*, jamais. C'est contraire à nos règles éthiques et déontologiques. »
J'ai envie de la découper en rondelles. Elle dit que maman a de la merde dans le ventre ; c'est pourquoi il gonfle autant. Si on ne la fait pas chier, ça peut remonter et « gloups » (elle fait un mouvement avec la bouche pour mimer que maman pourrait vomir sa merde).

171

Christian Gély : « Le paradis sera comme chacun le souhaite. »

L'infirmière se vante : « À un moment, je lui ai tenu fermement les deux mains. Pendant quelques secondes, j'ai réussi à lui mettre le masque. »

Docteur Jules Y : « L'euthanasie ? On pourrait en parler pendant des heures. Je dis aux gens qu'ils sont libres. Qu'ils peuvent aller en Suisse ou en Belgique. Ça veut dire quoi ? Qu'on n'est plus digne de vivre ? On est vieux, alors une petite piqûre ? On a tous une limite. Avant de lâcher prise. Parfois je me demande : Pourquoi ils ne sont pas morts ? Pourquoi ils ne se sont pas suicidés ? Quel sens ça a une journée de plus ? Et dans la journée, on trouve, pendant quelques minutes, une trace d'explication. C'est comme sauter d'une falaise. Quand on doit sauter, on hésite. On trouve finalement que c'est haut. On se demande si ça fait mal. À quoi ressemblera notre corps éclaté sur les rochers. »

Christian Gély : « Je ne me souviens jamais du visage des morts. »

« L'hypothèse d'une vertu thérapeutique de la lecture, notamment d'œuvres littéraires, est bien cliniquement pertinente. »

Jeudi 2 juillet 2009. Maman est couchée sur le côté. Je tiens son verre. Elle oriente la paille. Ça l'épuise. Je lui dis : « Laisse-toi faire. » Je prends sa paille entre mes doigts. Elle ferme les yeux, les deux mains sous sa joue gauche. Pendant quelques secondes, elle paraît paisible.

As-tu peur de mourir ?
« Oui. Dès que je me sens bien, j'ai l'impression d'avoir un poison en moi. »

Elle veut sortir du lit. S'asseoir sur le côté gauche. Je descends la barrière. Elle ne peut plus parler. Elle dit parfois un début de phrase. « Je veux... » Puis ses yeux se referment. Je baisse la barrière, même si c'est dangereux. Je l'aide. Elle réussit à s'asseoir sur le bord du lit. Je rapproche la perf, l'aide à tenir debout. Elle s'assoit dans le fauteuil, celui dans lequel je lisais hier. « Tu veux aller aux toilettes ? » Elle fait non de la tête. Elle se relève. S'accroche à la perf. Je la suis jusqu'à l'entrée de la salle de bains. Avec dignité, elle marche sans que je sache où elle trouve cette force. Une infirmière entre. Je la lui confie. « Elle veut aller dans la salle de bains. »

Un peu plus tard. J'entends l'infirmière dire à une autre :
« Elle a fait. » Maman porte des couches.

Père Arnaud Y : « Que faut-il faire des cendres ?
L'Église n'est pas très précise sur ce point. »

J'appelle Quentin :
« Maman ne peut plus parler.
– Tu lui as demandé si elle voulait que je vienne ?
– Non, tu ne me l'as pas demandé. »

Christian Gély : « Tout décès implique une culpabilité. Il faut le savoir. Et il faut sortir de cette culpabilité. »

Les sœurs de maman forment une armée à elles entière.
Et moi, au milieu, je suis un puits, avec cette conscience
future des bonheurs infimes, intenses, qui me traversent.

Vendredi 3 juillet 2009. Maman est allongée. Elle respire. Elle ronfle ; c'est rassurant. Son visage s'est encore
creusé depuis la veille. Elle a le visage d'une morte. Maigre,
le nez pointu, la bouche ouverte, les cheveux noirs, aban-
donnés. Mais elle respire. Elle paraît calme. Le reste de son
corps est davantage celui d'une vivante. Elle porte un haut

rose pâle avec deux petites bretelles, dont l'une qui est négligemment tombée sur son épaule. Sa main droite repose sur le haut de son corps, dans un mouvement d'abandon. Au début, je pense qu'elle va mourir dans quelques minutes. Je m'accroupis. Je pleure. Je n'ose pas la toucher. Je m'assois en face d'elle. Je feuillette un *Paris Match* consacré à Michael Jackson. Pendant quelques minutes, je l'oublie. Puis sa respiration s'arrête. Je la regarde. Elle respire encore. Son ventre monte puis descend.

14 h 55. Je dépose une fleur entre deux crans d'une horloge monumentale.

Un médecin me dit que maman est entrée dans le coma. Je descends dans le jardin. Mes tantes forment un demi-cercle.

Claire se souvient que, dans le coma, Manou ronronnait lorsqu'on lui caressait le bras.

Fanny : « Nous, avec ta mère, on n'a pas osé. »

Je remonte dans la chambre de maman. Je lui caresse le bras. Lui embrasse l'avant-bras. Elle a encore la peau douce – quoique un peu plus sèche. C'est une peau que

175

je connais par cœur. Elle a la même odeur. Je profite de cette peau, de ce tissu qui reste entre elle et moi.

Le docteur Jean Gurwann doit passer en fin d'après-midi. Claire et moi décidons d'annuler notre visite au château de Versailles.

Christian Gély : « La mort est un passage. Ceux qui partent souhaitent qu'on soit heureux. Le rite du passage est important. Écrire un livre en fait partie. Je ne crois pas au hasard. C'est votre mère qui vous guide de rencontre en rencontre. »

Je ne voulais pas appeler papa et lui dire « Maman est morte ». Je trouvais ça humiliant.

Baptiste me conseille de lui écrire *avant*.

« Un autre risque, qui n'est abordé par aucune des publications consultées, pourrait être celui de la dépendance. »

À dix-huit heures, le docteur Jean Gurwann entre dans la chambre de maman. Il nous dit :

176

LA MATERNITÉ

« Il faut la caresser, lui parler.

– Mais, vous, vous ne lui avez pas parlé, dit Fanny.

– Je n'ai pas fini. Je vais lui dire au revoir. »

La littérature, c'est peut-être ça. Le mensonge d'un château qu'on reconstruit dans un pays qu'on croit sans histoire.

Fanny et moi allons au cinéma. Quentin m'appelle. Il pense qu'il ne viendra que vingt-quatre heures pour l'enterrement.

Dans le cinéma, je sens un goût de verre, de sang ; il y a un phénomène de marée pendant que maman meurt.

Je dépose la septième (et dernière) fleur.

Nuit du 3 au 4 juillet 2009 : « Mon cher papa, j'espère que tu vas bien. Ce mot rapide pour te dire que maman va mal. Elle est depuis quinze jours en soins palliatifs. Depuis ce matin, on sait qu'elle ne se réveillera plus. Elle respire encore. Elle est paisible. Elle décédera probablement dans quelques heures ou quelques jours. Je te préviendrai. Je vous embrasse, Jariza et toi. Mathieu »

E-mail de papa (*4 h 21 du matin*). « Mon cher Mathieu, ne t'inquiète pas, tout passe. Sauf l'esprit. Sache qu'en ce moment elle est près de toi, de nous, il nous faut la rassurer pour qu'elle continue son chemin. Bientôt, elle perdra conscience. Pour la première fois, je n'ai pas pu dormir ; même mon appareil à respirer semblait ne pas vouloir me donner d'air... J'étouffais physiquement. Y, ta cousine, est morte il y a peu, à Bordeaux. Incinérée à Toulon, j'étais présent, avec ta tante et son mari. Je ne suis pas du tout au point dans le processus de la mort, mais je connais l'essentiel, et non seulement ma propre mort à venir ne me fait plus peur depuis belle lurette, mais celle des autres me touche. Chez nous, les quarante jours qui suivent sont importants parce qu'il y a des mini-cycles et il faut aider le transitant à transiter. (...) »

Christian Gély : « Dans un temps extrêmement court, on doit sentir les choses, développer notre côté féminin. »

Samedi 4 juillet (*7 heures du matin, mail à Véronique de Bure*) : « Bonjour, je devais aller hier au château de Versailles et j'avais aperçu votre nom sur la liste des participants. (...) Mercredi dernier, j'ai vu et acheté votre livre, sans savoir de quoi il parlait. En sortant, je suis allé à Jean-Drucat, un centre de soins palliatifs, pour voir maman (faut-il dire "ma mère", "maman"). (…) Je me suis assis au pied de son lit. Elle souffrait. Avant, elle ne souffrait pas, mais depuis lundi elle souffre. Maman ouvrait de temps en temps un œil, je ne savais pas si elle était heureuse ou humiliée que je sois là (elle est incontinente depuis mardi), je lui souriais de toutes mes forces. Elle ne parlait pas. Je me suis assis dans un fauteuil en face d'elle, je sentais une forme de sérénité, j'ai sorti votre livre et je l'ai lu d'une traite. (…) J'ai eu l'impression qu'il m'a protégé et a protégé maman pendant les deux heures où j'ai pu le lire. J'avais projeté de venir vendredi, j'avais gardé votre photo pour vous reconnaître, je ne pense pas que je vous aurais raconté tout ce que je viens d'écrire, je vous aurais simplement félicité pour votre livre. Depuis hier, maman dort ; elle respire encore, elle ne souffre plus, elle ne se réveillera pas. Vendredi après-midi, nous avons décidé avec Claire d'annuler la sortie à Versailles. J'ai pensé à vous. Avec tout ce que cela a de ridicule. (…) La journée sera belle, je crois. Je vous embrasse, Mathieu »

Avec une de mes tantes, nous allons à la banque, puis à Clamart, dans l'appartement de maman, prendre des papiers. Je me sens serein. Je dis : « J'ai l'impression qu'aujourd'hui tout est plus calme, plus frais. » Ma tante répond : « Oui », et elle me parle du temps.

Christian Gély : « Souvent, j'attends vingt-quatre à quarante-huit heures avant d'habiller un mort. Parce que, contrairement à ce qu'on croit, la rigueur cadavérique diminue avec le temps. Or c'est important de manipuler les corps avec douceur. »

Maman paraît paisible. Son visage a un peu regonflé. La tête penchée sur le côté. Elle porte un tee-shirt que je lui avais offert adolescent. Un tee-shirt gris, pas très beau, ample, avec une inscription d'Oscar Wilde : « Les folies sont les seules choses que l'on ne regrette jamais. » Je lui ai caressé les cheveux. Embrassé le front. Pas les joues. Je ne sais pas pourquoi ; je n'osais pas. J'avais l'impression qu'elles étaient gélatineuses, qu'on y avait introduit de la matière. Je lui ai caressé et embrassé l'avant-bras. Sa peau était plus rugueuse, un peu comme du buvard, mais elle avait encore cette odeur. Je pensais à la nostalgie que j'aurais de cette odeur. Bientôt je ne pourrais plus la voir. J'ai essayé de lui parler, mais je n'y arrivais pas. Je pleurais. J'ai pensé qu'elle m'entendait peut-être, au milieu de mes chuchotements. Mais je ne crois pas.

Louise (*bénévole*) : « Quand on entre dans une chambre, on ne sait jamais ce qui va se passer. Pour les personnes les plus malades, celles qui sont dans le coma, on leur parle doucement, on les touche. Et on voit leur respiration qui change. »

À 14 h 55, je suis monté réembrasser maman. Quand je suis entré dans la chambre, je l'ai trouvée calme. J'ai mis ma main devant sa bouche (j'ai pensé à mon père). Il n'y avait pas d'air qui sortait. J'ai touché son bras qui était encore chaud (qui en tout cas n'était pas encore froid). Je n'étais pas sûr. Je me sentais calme. J'ai marché pour aller voir les infirmières. Elles étaient en réunion. L'une d'elles est sortie. Elle m'a suivi. A touché le pouls et le cou de maman. A prononcé : « Effectivement. » J'ai cru qu'elle constatait que maman était malade et qu'elle allait lui administrer une piqûre pour la soigner.

Christian Gély : « On reçoit une lettre de remerciement toutes les semaines. On est le service de l'hôpital qui en reçoit le plus. C'est *ça* notre récompense. »

Je suis descendu dans le jardin. J'ai croisé Manuel. Il m'a demandé comment allait maman.
« Elle est stationnaire.
– Mais elle va mieux ?
– Elle est stationnaire. »
Je suis allé parler aux infirmières. Pouvais-je l'annoncer à Manuel ? « Oui, mais vous n'êtes pas obligé. »

J'ai regardé mon téléphone portable. Je venais de recevoir un mail de Véronique de Bure : « Oui, j'étais hier à Versailles. Votre mail m'a bouleversée, j'en ai achevé la lecture les larmes aux yeux (…). »

Pendant deux heures, j'ai cherché Manuel, mais je ne le trouvais pas. Quand je l'ai vu, il était avec Zoé. La tête baissée. Je m'approche d'eux. Manuel pointe son doigt sur ma chemise. Comme pour dire : « Elle est là, dans ton cœur. » Zoé me chuchote : « Il n'est pas au courant ? » Je comprends qu'il me montre une tache sur ma chemise. J'annonce à Manuel la mort de maman. Il est incrédule. Il dit : « Non, non, c'est pas vrai. » Je mets sa tête et son petit pyjama rouge contre mon épaule.

Merci

Au *Performing Arts Forum* (www.pa-f.net), qui m'a accueilli en résidence, l'été 2009, à Saint-Erme, et aux artistes qui ont accepté de répondre à mes questions, en particulier :

Virginie Barreteau, comédienne et écrivain
Maya Boquet, comédienne
Grégory Castéra, commissaire d'expositions
Clyde Chabot, metteur en scène
Ingrid Cogne, artiste-chorégraphe
Rémi Diligent, blogueur
Lou Forster, résident à P.A.F. en 2009
Caroline Fournier, scénariste/réalisatrice
Laurent D. Garnier, artiste et parfumeur
Agnès Janin, photographe
Camille Jouany, étudiante en philosophie
Anne-Sophie Juvénal, comédienne
Xavier Le Roy, chorégraphe
Sophie Merceron, comédienne
Viviana Moin, danseuse
Perrine en Morceaux, musicienne
Jan Ritsema, fondateur du P.A.F., metteur en scène et chorégraphe
Ariane Zarmanti, auteur et metteur en scène

Merci aux professionnels de la « mort », qui ont aussi accepté de répondre à mes questions, et dont j'ai parfois tronqué les réponses, pour faire de ce livre un « objet littéraire » et non un travail journalistique, en particulier :

Altiz, voyant
Isabelle Besançon, psychologue
Isabelle Blondiaux, psychiatre
Salvatore Caputo, patient
Johanna Cohen, élève infirmière
Danièle Lecomte, médecin
Alexandre Morel, interne
Jean-Yves Noël, responsable de chambre mortuaire
Luc Plassais, médecin
Ariane Y, médecin
Arnaud Y, prêtre
Jean-Luc Y, psychiatre
Julien Y, aide-soignant
Thérèse Y, bénévole dans un centre de soins palliatifs

Merci aux personnages du Seuil qui m'ont aidé à façonner ce livre, en particulier :

René de Ceccatty, l'écrivain exigeant
Géraldine Ghislain, celle qui aimait Thierry Jonquet
Hermance Triay, la photographe multicolore
Laure Belloeuvre, la lectrice de manuscrits
Patricia Duez, la ciseleuse de mots
Marie Lagouanelle, qui m'avait montré le jardin du Seuil
Tiphaine Samoyault, que j'espère rencontrer
Louis Gardel, croisé la première fois dans l'escalier de la rue Jacob
Amélie Delfieux, avec qui j'ai fêté *La Maternité* au champagne
Aline Flamand, la correctrice des derniers mots
Vincent Maillet, qui m'a apporté les premières épreuves
Noémie Sauvage, rencontrée au Palace
Sophie Choisnel, que je retrouve après *Les Carnets blancs*

Merci enfin :

Aux sœurs de maman : Florence, Isabelle, Caroline, Marie-Laure et Diane
Aux premiers lecteurs : Anne-Sarah, Ariane, Arthur, Aurélie, Christian, Clémentine, Élodie, Flore, Florence, Frédéric, Isabelle, Joseph, Laurent, Marie, Mathias, Philippe et Sylvain
À ceux qui ont aidé maman : Florian Scotté, Catherine Durdux, Nadine Bethmont et Gésine Derrien
À Véronique de Bure, pour son livre
À Virginie Marielle, pour son journal de grossesse
À Loïe, née à 5 heures 27,
À Marc Beltra, qu'on n'oublie pas,
À Benoît Rault, pour sa chanson *14 h 55*
À Stéphanie Billuard, qui l'a accompagné
À Carly Blackman, pour les chœurs
À mon amoureux, Benoît
À mon frère, et à sa fille Gaby, née un an plus tard.

Crédit

Isabelle Blondiaux, *La lecture peut-elle soigner ? Lecture et soins palliatifs, enquête bibliographique et mise en perspective*, université Paris VI, UFR Saint-Antoine-Tenon (2008-2009)[1].

1. L'expression « hypothèse cliniquement pertinente », employée page 173, provient des recommandations du rapport publié en septembre 2008 par la commission recherche de la Société française de psycho-oncologie. Celui-ci est accessible sur : http://www.sfpo.fr/download/comm_rechercheSFPO250908.pdf.

LA MATERNITÉ

Pour m'écrire

contact@mathieusimonet.com

Site internet

www.lamaternite.net

RÉALISATION : NORD COMPO À VILLENEUVE-D'ASCQ
IMPRESSION : CPI FIRMIN-DIDOT À MESNIL-SUR-L'ESTRÉE
DÉPÔT LÉGAL : MAI 2012. N° 107675 (110624)
IMPRIMÉ EN FRANCE